JN306402

新潮文庫

イワン・デニーソヴィチの一日

ソルジェニーツィン
木村 浩訳

新潮社版

1590

イワン・デニーソヴィチの一日

午前五時、いつものように、起床の鐘が鳴った。ラーゲル本部に吊《つる》してあるレールをハンマーで叩《たた》くのだ。その切れぎれな鐘の音は、指二本の厚さに氷の凍《い》てついた窓ガラスを通して、弱々しく伝ってきた。が、それもすぐ静まった。寒かった。看守も長いこと鐘を鳴らしていたくなかったのだ。

鐘の音は止《や》んでしまった。が、窓の外は、シューホフが厠《かわや》へ起きた真夜中と同じく、まっ暗闇《くらやみ》だった。ただ、窓ガラスに黄色い三つの灯が映っていた。二つはラーゲル構外の、一つは構内の灯だ。

それにしても、なぜかだれもバラックの鍵《かぎ》をあけにこなかった。いや、当番たちが天秤《てんびん》で糞桶《くそおけ》をかつぎだす音もきこえなかった。

シューホフは決して寝すごしたことはなかった。いつだって起床の鐘と同時に起きた。作業に出るまえに、一時間半あまり、お上《かみ》のではない、自分自身の時間を持てるからだ。ラーゲルの暮しを知っている者なら、いつだってちょっとした内職かせぎができる。例えば、ほかの奴《やつ》のために古い裏地で手袋のカバーを縫ってやるとか、金持の仲間がはだしで靴の山のまわりをうろつかずにすむように、直接ベッドのところまで乾いたフェルトの長靴を持ってってやるとか、あるいはまた、なにかと用事のある倉庫へひとっ走りして、その辺を掃除するとか、何かものを運ぶとか。いや、食堂へ出かけて、飯皿《めし》を机の上からかき集め、洗い場へ山と抱えて運ぶ仕事だってある。これも飯にありつける一手だが、何しろ志願者が多くて、大変なさわぎだ。それに、これが肝じんなことだが、もし飯皿になにか残っていると、つい我慢しきれずに、皿の上をなめてしまうのだ。しかし、シューホフには最初の班長クジョーミンのいった言葉が、今でもどうしても忘れられない。一九四三年、その時すでに十二年もラーゲル暮しをしていたこのラーゲルの古狼は、ある日、森の中の空地で、焚《た》き火にあたりながら、戦線からぶちこまれてきた新入りを前にして、こう説教したものだ。

「いいか、お前たち、ここには密林《タイガ》の掟《おきて》があるんだぞ。しかし、ここでだって人間さまは生きているんだ。ラーゲルでくたばっていく奴は、他人の飯皿をなめる奴、医務室をあてにする奴、それから、仲間を密告しにいく奴だ」

密告のことについては、むろん、班長も散々罵倒《ばとう》した。奴らは自分を可愛がるあまり、他人の血を犠牲にしている手合いだ。

いつだってシューホフは起床の鐘と同時に起きた。が、きょうは起きなかった。昨晩から寒けとも、節《ふし》々の痛みともつかないが、なんとなく気分がすぐれなかったのだ。それに、一晩じゅう体があたたまらなかった。夢うつつの中でも、すっかり悪くなってしまったかと思うと、また幾分よくなったりしていた。朝になるのはなんとしてもいやだった。

しかし、朝は容赦なくやってきた。

いや、とにかく、このバラックではあたたまるどころの騒ぎじゃない。窓ガラスには氷が凍てつき、天井と壁のすき間——まったく豪気なバラックだ！——には白いクモの巣が張っている。もちろん、氷柱《つらら》だ。

シューホフは起きださなかった。上段ベッドに、頭を毛布とジャケツですっぽりかくし、防寒服の片袖《かたそで》を裏返しにして、二本の足をいっしょに突込んでいた。彼は目でこそ見ていなかったが、いまバラックの中で起っていることは、自分の班の片隅で起っていることも含めて、なにもかもちゃんとその物音から察していた。ほら、今は当番たちが廊下を重々しい足どりで、八ヴェドロ（訳注 約百リットル）入りの糞桶をかつぎだしているな。ありゃ不具者のする、楽な仕事ということになってるが、そんな寝言をいう奴には、まあ、ためしに、中身をこぼさずに、かついでみてもらいたいもんだ！　ほら、第七五班では、乾燥台から長靴の束を取りだして、床にたたきつけやがったな。いや、おれたちの班もやってるじゃねえか（きょうはおれたちの班も長靴を乾かす番なんだ）。班長と副班長は黙りこくって長靴をはいてるな。二人のベッドがギイギイ音をたててるからな。副班長は今からパンを受取りにいき、班長は本部の生産計画部《ペー・ペー・チエー》へでかけるってわけか。

いや、きょうはいつもとちがって、生産計画部へ命令受領にいくのも楽なことじゃねえな。シューホフはふと思いだした。きょうは運命が決せられる日だ。本部ではおれたち第一〇四班を今の工場建設工事から新しい《社生団》（訳注　社会主義生活団地の略）の現場へ追っぱらおうとしているんだ。ところが、この《社生団》の現場ときたら、風をさえぎる一本の木も生えてない、雪におおわれた崖《がけ》っぷちで、そこで仕事をするには先《ま》ず第一に、穴をほり、杭《くい》をうち、おれたちが逃げられねえように、有刺鉄線を張らなくちゃならんってわけさ。建設なんてそれからの話だ。

そんなところへいったら、まあ、一月は、とても体をあたためる場所もねえだろう。何しろ、小汚ない小屋ひとつねえんだから。焚き火だっておこせやしねえ。くべるものがなにもねえんだから。寒さを忘れるにゃ、ただもう滅茶苦茶《めちゃくちゃ》に体をつかうだけのことさ。

班長はそれを心配していて、なんとか巧《うま》く話をつけようと出かけていくんだ。どこか別の、間ぬけた班をおれたちの代りに追っぱらおうとな。もちろん、手ぶらでいって話がまとまるわけはねえさ。ベーコンを半キロも作業主任に持っていくか、それでもだめなら、一キロもはずまなくちゃなるめえ。

ものはためし、だめでもともとなんだから、ひとつ、医務室へでかけて、一日作業を免除してくれって頼んでみるか？　いや、ほんとの話、体じゅうがガタガタしちまったよ。

それから、ええと、きょうの看守はだれの番だったかな？

さて、きょうは——あっ、そうだ、あの一・五人力のイワンの番だ。痩《や》せでのっぽの、黒目の軍曹じゃねえか。一目見たとこは、えらくおっかないが、つきあってみりゃ、看守ぜんぶのなかで一番話のわかる奴よ。営倉にもぶちこまねえし、監督官のとこにもひきたてていかねえしな。それじゃ、もうちっと寝ていられるってわけだ。とにかく、第九バラックへ食事の番がまわってくるまでは。

寝台がブルブルッと、揺れ動いた。と、同時に、二人の者が、上段ではシューホフの隣人、バプテスト信者のアリョーシュカが、下段では、元海軍中佐ブイノフスキイが起きあがった。

糞桶を二つともかつぎだした年よりの当番たちが、湯を取りにいく番をめぐって、けんかをはじめた。まるで女のように、しつこくいつまでも悪態をついている。と、第二〇班の電気熔接工《ようせつこう》が怒鳴った。

「おい、こん畜生！」そういって、彼は相手に長靴を投げつけた。「やめねえか！」

長靴の片方が柱にぶつかった。やっと、相手は口をつぐんだ。

隣りの班では副班長が小声でブツブツいっていた。

「ワシーリ・フョードリッチ！　おれたちは食糧受領のときごまかされたぞ。九百グラムのパンが四本だったのに、三本になっちまった。だれの分をけずったものかな？」

副班長はこれをそっと喋《しゃべ》ったのだが、もちろん、もう班ぜんたいが聞いてしまい、みんなは心の中で《今晩はだれかがパンをけずられるんだ》と考えこむのだった。

いっぽう、シューホフは、ノコ屑《くず》を圧さくしてつめたマットレスの上に、相変らず、寝そべっていた。せめてどっちか一方でもなおってくれるといいのだが。寒けのほうでも、節々の痛みのほうでも。しかし、どちらもあまりかんばしくはなかった。

バプテスト信者がお祈りをつぶやいている間に、ブイノフスキイが用便から戻ってきて、まるでざまあみろといわんばかりに、誰にともなく、つぶやいた。

「おい、赤軍水兵諸君、がんばれよ、外は絶対零下三十度だぞ！」

それをきいて、シューホフはやっと、医務室へいく決心がついた。

と、その瞬間、だれかのいかめしい腕が、彼の体から防寒服と毛布をはいだ。シューホフは顔からジャケツをとって、起きあがった。見ると、上段ベッドすれすれに頭をだして、痩せたタターリンが突立っているではないか。

どうやら、順番が狂って、奴《やっこ》さんが秘《ひそ》かに忍びこんできたらしい。

「Щ《シチャー》八五四番！」と、タターリンは黒いジャケツの肩に当っている白い布を見ながら、いった。「三昼夜の労働営倉だぞ！」（訳注　労働営倉とは昼間は一般囚人と同様、作業に出、夜は営倉に監禁されるもの）

そして、この圧《お》しつぶしたような彼の声がひびきわたるや、灯が隅々まで照らしていないので薄暗いバラックのなかは、急にざわめきはじめた。南京虫《ナンキンむし》の巣くった五十台の上下ベッドには二百人も寝ていたが、まだ起きていなかった者は慌《あわ》てて身じまいをはじめた。

「どうしてです、隊長さん？」と、シューホフは実際感じている以上の哀れっぽさをその声にこめながら、ききかえした。

労働営倉というのは、まあ、準営倉といったところで、温かい食事も貰《もら》えるし、じっと坐《すわ》って瞑想《めいそう》している暇もない。本当の営倉の場合は、作業を免ぜられるのだ。

「起床の鐘で起きなかったんだな？　さあ、本部へいくんだ」と、タターリンはうんざりした調子でいった。というのは彼にも、シューホフにも、他のだれにとっても、なぜ営倉をくったか、もう分っていたからである。

タターリンの髭《ひげ》のない、のっぺりした顔には、なんの表情も浮んでいなかった。彼は次の獲物をさがしもとめて、うしろを振りかえった。しかし、もう残りの者は、あるいは薄暗がりのなか、あるいは小さな灯のもと、ベッドの上下段で、左膝《ひだりひざ》に番号のついた黒い綿入れズボンへ足を突込んだり、あるいはすでに身じまいをして、前をきちんとあわせながら、出口へ殺到していた——表に出て、タターリンがいってしまうのを待つためである。

シューホフはそれがなんであろうと、なにか他の理由で営倉入りするのだったら、これほど腹をたてなかったにちがいない。彼はいつだって真っ先に起きる者の中に属していたので、どうにも腹がたってしようがなかった。しかし、タターリンに赦《ゆる》しを乞《こ》うことが所詮《しょせん》無理なことだとは、彼も承知していた。だから、シューホフは単にいつもの例にならって形式的に赦しを乞うただけで、その間にも綿入れズボンをはき（彼の左膝の上にもまた着古した汚ないボロ切れが縫いつけられており、その上にもう白っぽくなりかけた黒ペンキでШ854と書いてあった）、防寒服を着（この上にも同じ番号が二つ書いてあった——胸の上に一つと、肩の上に一つ）、床に積んである長靴の山から自分のを取りだし、帽子をかぶり（これにもやはりボロ切れがついていて、前の方に番号が書いてあった）、タターリンのあとについていった。

第一〇四班全員は、シューホフの連れ去られるのを見送っていた。しかし、誰ひとり言葉を発するものはなかった。いったところでなんにもならなかったし、いや、第一なにがいえたであろう？　班長ならたとえいくらかでも弁護できたかも知れない。しかし、もうその班長はいなかった。だから、シューホフはだれにも一言もいわなかったし、タターリンを刺激することもしなかった。朝食はとっておいてくれるだろう。何しろ、察しのいい仲間たちだから。

こうして、二人は外へ出ていった。

酷寒《マローズ》の戸外には濃霧がたちこめ、息をするのも痛いほどだった。大型探照燈《たんしょうとう》が二台、遠い隅の望楼の上から、ラーゲルの構外を十文字に照らしていた。構外にも構内にもいたるところに灯火が輝いていた。それらの灯火があまりたくさんだったので、星のひかりもすっかりうすれてしまっているほどだ。

四人たちは長靴を雪にきしませながら、それぞれの用事のために、あちこち駈《か》けまわっていた——便所へいく者もあれば、倉庫へいく者もある。いや、差入れの小包受領所へ寄って個人用炊事場へ穀物を渡しにいく者もある。だれもかれも首を肩の中にすくめ、ジャケツの前をかきあわせていたが、みんなが寒さを感じていたのは酷寒《マローズ》そのものよりもむしろ、きょうもまる一日この酷寒《マローズ》の中ですごすのかという思いからであった。いっぽう、タターリンは、油じみた青い襟章《えりしよう》のついた古めかしい毛皮外套《がいとう》をきこんで、ゆっくりと歩いていった。まるで酷寒《マローズ》なんかどこ吹く風といった有様だ。

二人は監獄《ブール》(ラーゲル内の石造監獄)をかこむ高い木柵《もくさく》に沿って歩いていき、囚人たちの襲撃からパン焼場を護《まも》っている有刺鉄線のそばを抜け、ラーゲル本部の横をすぎていった。そこには氷柱《つらら》のたれた一本のレールが太い針金で棒杭《ぼうぐい》に吊してあった。さらに、もうひとつの棒杭には、あまり低温を記録しないように、風除《かぜよ》けをつけた温度計がすっかり氷柱《つらら》におおわれてぶら下っていた。シューホフはその乳色の白っぽい管を、秘かな期待をもってチラッと横目で眺めた。零下四十一度を示していれば、作業に追いたてられずにすむことになっているからだ。しかし、きょうはとても四十度にはならなかった。

二人は本部の建物へ入り、そのまますぐ、看守室へ通った。そこへいってみると、シューホフも道みち大体の見当はついていたのだが、どうやら、営倉の件は単なる口実で、問題は看守室の床掃除ができていないだけの話だった。タターリンはシューホフに営倉免除を申渡し、床掃除をするように命じた。

看守室の床掃除は、構外作業に出ない特別囚の仕事になっていた。つまり、本部勤務の当番がする仕事なのだ。ところが、長いあいだ本部勤務をしている当番は、所長や監督官や保安部員の部屋にも出入りできるようになり、時には看守たちの知らないことまで耳にするようになる。そうなると、いつのまにか、当番にはただの看守のために床掃除をするのが、なにか卑《いや》しいことのように思われてきた。だから、看守たちもはじめ一、二度は当番を呼びつけて注意してみたものの、事情が分ってしまうと、床掃除のために、おとなしい普通の囚人を呼びつけるようになった。

看守室にはペーチカが赤々と燃えていた。二人の看守が汚ならしい作業衣一枚になって、シャーシカ（訳注　チエッカー）をやっていた。もう一人は、毛皮外套に長靴をはいたまま、狭いベンチの上で眠っていた。隅っこには雑巾《ぞうきん》の入った桶《おけ》がおいてあった。

シューホフはすっかり嬉《うれ》しくなって、タターリンにわびをいった。

「ありがとうございます、隊長さん。これからは決して寝すごしたりいたしません」

ここでの掟はとても簡単だった。用事が終ったら、すぐ立去ることだ。シューホフは仕事を貰ったとたん、節々の痛みがなおってしまったみたいだった。彼は桶を持つと、手袋をはめずに(慌ててきたので、手袋は枕《まくら》の下に忘れてきたのだ)、井戸端へ歩いていった。

生産計画部《ペー・ペー・チエー》へ出かけていく班長たちが、五、六人、棒杭のそばに群《むら》がっていた。そして、その中の若手のひとり、元ソビエト連邦英雄が、棒によじのぼって、温度計をこすっていた。

下からいろんな声がかかった。

「おい、息を吹きかけるな。でないと、温度が上っちまうからな」

「へっちゃらさ！　どっちみち、大したことねえもん」

シューホフの班長チューリンは、そこにはいなかった。シューホフは桶をおき、袖口へ両手を突込みながら、もの珍しそうに眺めていた。

と、棒の上から、かすれ声がきこえた。

「畜生っ、二十七・五度だ！」

そういいながら、彼はもう一度よく確かめてから、とびおりてきた。

「なあに、こいつは故障してるのさ。いつだってでたらめじゃねえか」と、誰かがいった。「もっともラーゲルにまともなものを吊《つる》すわけもねえが……」

班長たちは散っていった。シューホフは井戸端へ駈けよった。防寒帽の耳覆《みみおお》いはおろしているだけで、別にとめてなかった。耳が酷寒《マローズ》にヒリヒリと痛んだ。

井戸の囲りは厚い氷におおわれていて、中へ桶をいれるのがやっとだった。縄も棒杭のようにカチカチになっていた。

シューホフは手の感覚を失ったまま、湯気の出ている桶をかついで、看守室へ戻ると、両手を井戸水の中へつけた。いくらかあたたまった。

もうタターリンはいなかった。が、看守は四人も集っていた。シャーシカをやっていた者も眠っていた者も加って、一月にはどれくらいキビの配給があるか、と議論していた（部落の食糧事情は悪かった。看守たちは、もうとっくに配給券をつかい果していたが、部落のものとは別に、何やかや食糧を割りびきで貰っていた）。

「おい、間抜け、ドアはちゃんとしめておくんだ！　風が入ってくるじゃねえか！」

と、看守の一人が脇《わき》をむいて怒鳴った。

朝のうちからフェルトの長靴をしめらすのはなんとしてもさけたかった。しかし、たとえバラックへひとっ走りしたところで、なにも履きかえるものはない。シューホフは八年間のラーゲル暮しで、履き物に関してはさまざまな経験をしてきた。一冬、全くフェルトの長靴なしで歩きまわったこともあった。いや、皮の編上靴がまるっきりなくて、やくざなサンダルやЧТЗ《チェー・テー・ゼー》（訳注　チェリャビンスク・トラクター工場の略）と称する自動車の古タイヤから作ったゴム靴しかないこともあった。今は履き物に関するかぎり、ついているといわなくてはならない。シューホフは十月に、丈夫な厚い脚絆《きゃはん》を二つ巻いてもいいぐらいの、ゆったりした編上靴を貰った（これが貰えたのは、副班長といっしょに倉庫へ荷造りにいったからだ）。その時は一週間というもの、まるで誕生日を迎えた子どものように、新しい踵《かかと》をバタバタいわせながら、歩きまわったものだ。ところが、十二月にまた、運よくフェルトの長靴が手に入った。こりゃ、ついてるぞ、もうこうなったら、なにも慌てて死ぬこたあねえ。すると、経理の悪魔めが上官にむかって、長靴をやったからには、編上靴を巻きあげるべきだとぬかしやがった。奴《やつ》のいうには、囚人が一度に二個も靴を持っているなんて秩序に反するというのだ。そこでシューホフは決断をせまられた。冬じゅうずっと編上靴ですますか、それとも雪どけになるまでフェルト長靴にするか。それにしても、大事に油を塗って皮をやわらかく、新品同様にしておいたのに！　八年間のラーゲル暮しで、この編上靴ほど残念だったものはない！　きっと靴の山に投げだされ、春になってももうかえる見込みはないだろう。

やっとシューホフは腹をきめた。先《ま》ず素早く長靴を脱いで、隅っこに並べ、そこへ脚絆もとった（そのとき長靴の胴にはさんでおいたスプーンがガチャンと床へ落ちた。どんなに営倉へせきたてられても、スプーンだけは忘れなかったのだ）。そして、彼ははだしになると、雑巾にたっぷり水をしめしながら、看守たちの足もとへ進んでいった。

「おい、貴様、気をつけろ！」と、看守の一人はびっくりして、足を椅子《いす》の上にあげた。

「なに、米だと？　米は別のノルマの場合だぞ。米なんかと比較になるか！」

「おい、この間抜け野郎、貴様はなんで水をピチャピチャさせてるんだ？　いってえ、だれがそんな風に掃除する？」

「隊長さん！　こうしないと汚《よご》れがとれないんです。何しろ、すっかり滲《し》みこんじまってるんで……」

「おめえ、いつかカアチャンが床掃除するのを見たことあねえのか。よお？」

　シューホフは水のポタポタたれる雑巾を手にしたまま、ピンと不動の姿勢をとった。彼は人の好《よ》さそうな微笑を浮べながら、まばらな歯を見せた。彼は一九四三年に死にそこなったが、歯はそのときウスチ＝イジマ（訳注　バレンツ海に注ぐペチョーラ河畔）の収容所で抜けてしまったのだ。何しろ、猛烈な血便の下痢になやまされ、衰弱した胃は何も受けつけなかった。しかし、今ではそのときの痕跡《こんせき》をとどめているのは、歯抜けのために舌足らずの発音になったことぐらいだ。

「隊長さん、女房には一九四一年に別れたきりなんで。今じゃ、女房の顔もおぼえていませんや」

「こいつらはいつもこうなんだ……えい、畜生っ、大体、おめえらはなにもできねえし、やる気もねえんだ。パンをやってるのも勿体《もったい》ねえくらいさ。おめえらなんか糞《くそ》でも食ってりゃいいんだ」

「おい、一体なんのために毎日ふいてるんだ？　いつもじめじめしてるじゃねえか。おい、貴様、八五四番、きいてるのか！　ちょっぴり水気のあるように、かるくふくんだ。さっさとしやがれ！」

「米だぞ！　キビを米と比べるやつがあるか！」

シューホフは急いで片づけはじめた。

仕事というものは、一本の棒ぎれのようなもので、いつも両端がある。人さまのためにするときにゃ──その内容が大切だが、馬鹿《ばか》どものためにするときにゃ──見てくれで十分だ。

そうでもしないことには、もうとうの昔に、みんなくたばってしまったにちがいない。これはわかりきったことだ。

シューホフは乾いているところがないようにまんべんなく床板をふき、雑巾をしぼりもせずにペーチカへ投げつけると、敷居のところで長靴をつっかけ、おエラ方の通る道に水をまいた。それから、風呂場《ふろば》のそばを通り、寒々とした薄暗いクラブの建物を横目でにらんで、食堂へ急いだ。

なんとかして医務室へ寄らなければならなかった。またもや節々が痛みだしてきたからだ。それに、食堂のまえで看守の目にふれないようにしなければならなかった。隊列をはなれて一人でいるものは直ちに捕えて営倉へいれること――そういうラーゲル所長のきびしい命令があったからである。

きょうは珍しく食堂のまえに人が群っていなかった。行列もなかった。さあ、さっさと入ってしまおう。

なかは、まるで蒸風呂のように、もうもうと湯気がたちこめていた。寒気が扉から流れてくるのと、野菜汁《バランダー》の湯気だ。班員たちは食卓についたり、通路に群って席があくのを待ったりしていた。各班からは二、三人ずつ世話役が出て、野菜汁《バランダー》と粥《カーシャ》の皿を木の盆にのせ、互いに声をかけあい、押しあいへしあいしながら、自分たちのすわる場所をさがしていた。だが、どのみち聞えやしない。おい、間抜け、でくの棒、盆を押したな。汁がこぼれるぞ、こぼれるぞ！　おい、あいてるほうの手でひとつ、こづいてやれ、首のところをよ！　そうだとも！　通路にたつのはよさねえか。なにをじろじろみてるんだ！

あそこに坐《すわ》っている若僧は、スプーンをとるまえに十字をきっているな。きっと、新入りの、西ウクライナの奴だろう。

なに、ロシア人ときちゃ――どっちの手で十字をきるものか、もう忘れちまってる始末だ。

食堂の中は寒いので、大抵の奴は帽子をかぶったまま食べている。しかし、だれも黒くなったキャベツの葉っぱの下から腐った小魚の身をあさったり、小骨を机の上に吐きだしたりしながら、少しも慌《あわ》てていない。小骨が机の上に山とたまると、新しい班がくるまえに、だれかがそれらを掃きのけ、骨はバラバラっと音をたてて、床の上で踏みくだかれる。

床の上にじかに骨を吐きすてるのは、行儀がよくないことになっているのだ。

バラックの真ん中に、柱とも支柱ともつかぬものが二列走っていたが、そうした柱のひとつに、同じ班のフェチュコーフが坐りこんで、シューホフの朝飯の番をしていた。フェチュコーフはシューホフよりもいちだんと程度の悪い、最下等の班員の一人だった。外見はだれもみんな同じ黒いジャケツを着て、同じように番号をつけているが、中身は全く千差万別で、いろいろの段階があるのだ。例えば、ブイノフスキイなんかは絶対に飯皿の番をしないし、シューホフにしたって、どんな仕事でもやるというわけではない。もっと程度の悪い連中がいるのだ。

フェチュコーフはシューホフの姿に気づくと、場所をあけながら、大きく溜《た》め息をついた。

「もうみんなさめちまったろ。おめえの代りに食いたかったのにさ。だって――おめえは営倉入りだと思ってな」

そういうと、彼はシューホフも自分のためには残してくれまい、二皿ともきれいに平らげてしまうだろうと考えて、もう待ってはいなかった。

シューホフは長靴の胴からスプーンを取りだした。このスプーンは彼にとって貴重なものだった。このスプーンといっしょに彼は北方のラーゲルを転々と歩きまわったのだ。このスプーンは彼がじぶんで砂の鋳型《いがた》をつくり、アルミ線をとかして造ったもので、そこにはちゃんと《ウスチ＝イジマ一九四四》と刻まれていた。

それからシューホフは坊主頭《ぼうずあたま》から帽子を脱いだ――どんなに寒いときでも、彼は帽子をかぶったまま食事をすることができなかった。そして、もう澄んでしまった野菜汁をかきまわして、どんな実《み》の入り具合かを素早くたしかめた。まあ、大体、中ぐらいのところだ。鍋《なべ》の上ずみでもなければ、底の方でもない。フェチュコーフの奴が皿の番をしながら、ジャガイモをつまむぐらいは十分できたろう。

野菜汁のたのしみは、それが熱いことだ。しかし、シューホフがいま手にいれたのはすっかり冷えていた。それでも、彼はそれをいつものように、ゆっくりと、舌の先に神経を集中しながら、じっくり味《あじわ》っていった。たとえ天井が焼けだしても――あわてることなんかない。睡眠時間を別にすれば、ラーゲルの囚人たちが自分のために生きているのは、ただ朝飯の十分、昼飯の五分、晩飯の五分だけなのだから。

野菜汁の実《み》は来る日も来る日も変らなかった。もっぱら、冬の間どんな野菜がたくわえられているかにかかっていた。去年は塩漬けの人蔘《にんじん》しかたくわえなかったので、九月から六月まで、人蔘の実《み》しか入っていない野菜汁が出たものだ。ところが今じゃ――真っ黒になったキャベツばかりだ。ラーゲルの囚人たちにとって一番腹のくちくなる時は六月だ。野菜という野菜がすっかり底をついてしまい、その代りに穀類が貰《もら》えるからだ。一番ひどい時は七月だ。何しろ、鍋の中にイラクサをきざみこむ始末だから。

小魚は殆《ほと》んど骨ばかりになってしまい、骨つきの身はよく煮られて、形がくずれ、ただ頭と尻《し》っ尾《ぽ》のところだけがちゃんとしていた。網の目のようになっている、魚のもろい骸骨《がいこつ》には、もう鱗《うろこ》片も身も残っていなかったが、シューホフはなおもそれらを歯でかみしめ、骸骨の味をしぼりだしてから、ようやく机の上に吐きだした。どんな魚のときでも、彼はなんでも食べた。エラであろうと、尻っ尾であろうと、いや、目玉でさえ、それがちゃんと目のところについているかぎり、食べた。ただ、それが煮つめられて、皿の中に身とは別に浮んでいる大きな目玉の場合は、食べなかった。そのために、彼はよくみんなからひやかされた。

きょうシューホフはちょっと倹約した。バラックへ寄らなかったので、食糧の配給を受取らなかった。そのため今はパンなしで食べているのだ。パンなら——あとで別にゆっくり嚙《か》みしめることもできるし、その方が腹もくちくなるわけだ。

二皿目はマガーラの粥《カーシャ》だった。それは一塊りにかたまっていたので、シューホフはそれをいくつかの塊りに分けた。マガーラは冷たいほどではなかったが、たとえ熱かったにしても、味も素っ気もない、腹も一杯にならない代物《しろもの》だった。いってみれば、キビみたいに見える、ただの黄色い草の葉っぱにすぎなかった。穀物の代りにこれを配給することを思いついたのは、なんでも中国人という話だ。炊《た》きあがりの目方が三百グラム——それなら大出来だ。本もののカーシャとはいえないが、けっこうカーシャの代用になっているのだ。

スプーンをひとなめして、長靴の胴へしまうと、シューホフは帽子をかぶって、医務室へ出かけた。

空はあいかわらず暗かったし、ラーゲルの構内灯は星のひかりをかき消していた。そして、二台の探照燈《たんしょうとう》があいもかわらず幅広の二本の筋でラーゲルの構外を照らしだしていた。このラーゲル、つまり、特殊ラーゲルのようなところでは、以前、警備用として野戦用の照明弾をたくさん持っていたものだ。そして、一たび灯火が消えるや、それらの照明弾を打上げ、白や青や赤ののろしが降ってくるさまは、さながらほんものの戦争みたいだった。その後、照明弾をあげることはやめてしまった。値段が高くついたためだろうか？

辺りはまだあいかわらず、起きた時と同様、夜の闇《やみ》だった。しかし、経験をつんだ眼には、いろいろとささいな徴候から、間もなく作業への出発準備の合図が鳴りわたることが、たやすく読みとれた。フラモイの助手（食堂当番のフラモイは自分の助手までおいていた）は第六不具者バラックへ朝飯の知らせにいった。この連中は作業へは出ないのだ。文化教育室の方へ、髭《ひげ》を生やした年寄りの画《え》かきがのろのろと歩いていく。「番号」をかくために、絵具と筆を取りにいくのだ。またもやタターリンが大股《おおまた》の急ぎ足で、本部へむかって、整列場所を横切っていった。ちょっと見たところ、人数は少なめだった。これはみんながバラックの中へ入って、体をあたためながら、最後の甘い一《い》っ時を楽しんでいるからだ。

シューホフは素早くバラックのかげになって、タターリンから姿をかくした。今度みつかったら――またしぼられるにきまっている。いや、いつでも決してぼんやりしていてはいけないのだ。一人でいるところは、どんな看守にもみつからないように、注意しなくてはいけない。いつもみんなといっしょにいなければだめだ。だって、奴らは何か仕事をやらせる相手を探しているかも知れないし、ひょっとすると、相手かまわず災難をふりかけるかも知れないからだ。先ごろバラックにこんな命令がでた。看守に出会ったら、五歩前から帽子を脱ぎ、二歩行きすぎてから帽子をかぶること。なかにはだれに会っても知らん顔をして、そんな命令を全然意に介していない看守もいるが、いいがかりをつけるのを一種の楽しみにしている奴もけっこういるのだ。この帽子の一件で何人の囚人たちが営倉へひきたてられていったことだろう！　さあ、早いところ、かげにかくれていよう！

タターリンは通りすぎた――そしてシューホフがもうまさに医務室へたどりつこうとしたとたん、彼はハッとした。彼はけさ作業前に自家製タバコをコップに二杯買いにいくと、第七バラックの、のっぽのラトビア人に約束したことを思いだしたからだ。シューホフは面倒なことがいろいろあったので、そのことをすっかり失念してしまっていたのである。このノッポのラトビア人は、昨晩差入れの小包を受けとったのだ。だから、ひょっとすると、もうあすになればタバコはなくなってしまうかも知れない。そうなれば、また新しい小包が届くまで、一月も待たなくてはならないだろう。奴《やっこ》さんのタバコはとても質がいいのだ。つよさもちょうど手頃だし、香りもいい。特に、その茶がかった色がすばらしかった。

シューホフは残念でならなかった。第七バラックへ廻ろうかと、しばらく足ぶみしていた。しかし、医務室はもう目と鼻のさきにあった。彼は思いきって医務室の入口へむかって駈《か》けだした。足の下で雪のきしむ音がきこえる。

医務室の廊下は、例によって、床を踏んでいくのが怖いくらいきれいになっていた。壁も白いエナメルで塗られていた。調度もみんな白かった。

しかし、診察室のドアはみんな閉まっていた。どうやら、医者たちはまだベッドから起きだしていないらしかった。ただ当直室には若い見習医師のニコライ・ヴドヴーシキンが、きれいな白衣をきて、きれいな机にむかって、何やら書きものをしていた。

ほかにはだれもいなかった。

シューホフはおエラ方の前に出たときのように帽子を脱ぎ、さらにラーゲルの習慣に従って、伏目がちであったが、相手が一行々々同じような文句を書きながら、各行の最初を必ず大文字ではじめていることにいやでも気づかずにはいなかった。シューホフには、それが正式の仕事ではなく、何か内職だということはもちろんすぐに分った。しかし、そんなことは自分に関係なかった。

「その、実は……ニコライ・セメョーヌイチ……自分はどうやら……病気らしいんで……」と、シューホフはまるで他人《ひと》のものを欲しがっているような後めたさを感じながら、きりだした。

ヴドヴーシキンは仕事をやめて、その落着いた大きな目玉をギョロリとあげた。彼は白いキャップに白衣をきており、「番号」はどこにも見えなかった。

「いったい、どうしてこんなに遅くやってきたんだ？　え、なぜゆうべやってこなかったんだね？　お前だって知ってるだろう、朝は休診だってことぐらい？　作業免除者の名簿はもう生産計画部へ提出しちまったよ」

そんなことはシューホフだって知っていた。いや、ゆうべきたって作業免除になるのは生易《なまやさ》しいことではないことも知っていた。

「ええ、そりゃもう……でもそれがゆうべのうちは、それほど痛くなかったんで……」

「それがってなんだね？　え、なにが痛むんだね？」

「いや、どこがときかれても、その、特にどこが痛むというんじゃないんで。ただ、からだ全体の調子が悪いんで」

シューホフはいつもすぐ医務室をあてにする連中の仲間には入っていなかった。ヴドヴーシキンもそのことは承知していた。しかし、彼には毎朝二名の人間だけ作業免除する権限しか持っていなかった。そして、もうその二名は作業免除にしてしまっていた。テーブルの上の、みどりがかったガラスの下には、その二名の名前が書きこまれ、アンダーラインがひかれていた。

「せめてもうちっと早ければな。なんだって作業へ出発するまぎわにやってきたんだ？　え？」

ヴドヴーシキンはガーゼにつつんで消毒壺《しょうどくつぼ》にさしこんであった体温計を取りだして、消毒液を拭《ぬぐ》ってから、シューホフに手渡した。

シューホフは壁ぎわのベンチの、一番はじっこに、今にもひっくりかえるかと思われる姿勢で腰をおろした。そんな坐り心地の悪い場所をえらんだのは、別にわざとではなかった。が、その様子は彼が医務室には無縁の人間であり、ここへやってきたのはほんのささいな用事のためであることをひとりでに示す結果となっていた。

ヴドヴーシキンはなおも書きものをつづけていた。

医務室はラーゲルの、一番遠い、はずれにあったので、そこへはなんの物音も聞えてこなかった。柱時計の音ひとつしなかった——囚人には時計を見せないことになっているのだ。時間は囚人のかわりにお上《かみ》が承知しているからだ。いや、ネズミが爪《つめ》をとぐ音すらしなかった。ネズミは一匹のこらず、ネズミとり用に飼われている病院の猫が捕えてしまったからである。

シューホフは、明るい電灯の光を浴びながら、こんなきれいな部屋のなかに、こんなしずかなところに、なんにもしないで、まるまる五分間も坐《すわ》っていられるなんて、まるで夢でもみている心地だった。彼は辺りの壁を見まわしたが、そこにはなにも見《み》出《いだ》せなかった。今度は自分の防寒服に目を走らせた——胸のところの番号がすりきれて消えかかっている。みつかるまえに、なおしておかなければならない。あいてる手で顔のあごひげにさわってみた——ひどいのびようだ。この前の風呂《ふろ》のときからだから、もう十日以上になるだろう。でも、大したことじゃない。三日もすれば風呂があるだろうから、そのときそってもらおう。なにも床屋へいって行列することはない。いまさらしゃれたところで、みせる相手もないんだから。

それから、シューホフはヴドヴーシキンの目のさめるような真っ白いキャップを眺めながら、ロワチ河畔の野戦病院のことを思いだした。彼はあごを負傷して病院へいったのだが、いま思えばずいぶん間抜けたことに、自分の意志で前線へ復帰してしまったのだ。まあ、五日間ぐらいはゆっくり寝ていられたろうに！

ところが、今じゃ時どき、せめて二、三週間でも、生命の危険もなく、さりとて手術の必要もなく、病院でくらせたら、と夢みる始末なのだ。いや、もし三週間、じっと動かずにいられるなら、たとえ実《み》のないスープしかくれなくても、文句はいうまい。

しかし、そのときシューホフはふと、近ごろは入院しても休んでいられないことに、思いあたった。新顔の医者ステパン・グリゴーリッチが、独特の規律をひっさげて、乗りこんできたからである。これは怖《おそ》ろしくやり手の、自分でもバリバリ仕事をする人間で、患者たちをじっとさせておかなかった。歩ける者は一人のこらず病院関係の作業にかりだすことを思いつき、塀を建てさせたり、小道をつくらせたり、花壇に土を運ばせたり、冬には保雪作業をやらせたりする始末だった。病気には仕事をするのが一番の薬――これが彼の持論だった。

馬だって働きすぎればくたばってしまう。これはよく考えてみなくちゃならんことだ。自分でえいこらさっと、石積みでもやってみりゃ、すこしは得心がいくというものだ。

ヴドヴーシキンはなおも自分の仕事をつづけていた。それは、やっぱり《内職》だった。しかし、シューホフにはてんで分らぬ代物だった。きのう書きあげた新しい長詩を浄書していたのだ。きょう例の作業療法の信奉者たる医者のステパン・グリゴーリッチに見せる約束をしているのだ。

こんなことはラーゲルだからこそできたのだが、ヴドヴーシキンが見習医師と名乗りでて、その職につくことができたのはステパン・グリゴーリッチのすすめによるものだった。こうして、ヴドヴーシキンは無学な囚人たちを相手に静脈注射のやり方などを習いはじめたわけだが、みんなおめでたい連中だったので、ひょっとするとこれはニセの見習医師ではないかなどと気をまわす者はひとりもいなかった。実は、コーリャ（訳注　ニコライの愛称）は文学部の学生で、二年生のときに逮捕されたのだった。ステパン・グリゴーリッチはこの彼に、自由の身では書くことのできなかったことを書かせようとしているのである。

……張りつめた白い氷のために見透しのきかぬ二重窓のガラス越しに、作業への出動合図の鐘がかすかに伝わってきた。シューホフは溜《た》め息をついて、起《た》ちあがった。あいかわらず、寒《さむ》けはするが、どうやら、作業免除はだめらしい。ヴドヴーシキンは手をのばして体温計をとり、チラと目を走らせた。

「ふむ、こりゃ中途はんぱだな。三十七度二分か。三十八度ありゃ、はっきりしたもんだが。免除してやるわけにはいかないね。まあ、自分で覚悟をきめてなら、残ったっていいさ。あとで医者が診察して病人ときまれば、作業免除になるし、健康体となったら、作業拒否とみなされて、監獄《ブール》ゆきだぜ。まあ、作業に出たほうが無難だな」

シューホフは一言《ひとこと》も答えなかった。いや、うなずきすらしなかった。ただ帽子を目深《まぶか》にかぶると、そのまま出ていった。

ぬくぬくあたたまっている奴に、かじかんでいる者の気持なんか、わかりゃしないんだ！

酷寒《マローズ》はいっそう激しくなった。まるで全身が針で突き刺されるみたいで、シューホフは思わず咳《せき》こまずにはいられなかった。外気は零下二十七度で、シューホフの体内は三十七度。さあ、こうなったら、食うか食われるかだ。

シューホフはゆるい駈け足でバラックへもどった。整列場所にも人かげはみえない。ラーゲル全体もがらんとしている。いつも作業に出るまえにはこんな束《つか》の間《ま》のひとときがあるのだ。もうすべては既定の事実なのに、きょうは作業はとりやめだ、だから作業出動の合図も鳴らないだろう、といった空気が辺りにただよっているのだ。護送兵たちは暖かい兵舎にこもって、銃にもたれながら、うつらうつらやっている。連中にしたところが、こんな酷寒《マローズ》の日に、望楼で足踏みしているのは楽なことじゃない。

守衛たちは詰所でペーチカに石炭をほうりこんでいる。看守室では身体検査に出かける看守たちが最後の一服を吸っている。いっぽう、着れるだけボロをきこんだ囚人たちはありとあらゆる縄を胴にまきつけ、顔は目が見えるようにして、あとは防寒用のボロ切れで幾重にも包み、長靴をはいたまま、ベッドの毛布の上に横になり、両眼を閉じて、まるで失神でもしたようにじっと身動きもしない。いや、間もなく班長が大声で怒鳴るだろう、「おきろォ!」

第一〇四班も、第九バラックの全員とともにうつらうつらしていた。ただ副班長のパウロひとりが唇を動かしながら、鉛筆で何やら計算していた。また、上段ベッドではシューホフと隣り同士で、いつもこざっぱりと身ぎれいのバプテスト信者アリョーシュカが、自分の手帖《てちょう》を読んでいた。この手帖には福音書の半分が書きうつされてあるのだ。

シューホフはまっしぐらに馳《か》けこんできたが、足音ひとつたてなかった。そしてすぐ副班長のところへ顔をだした。

パウロが顔をあげた。

「イワン・デニーソヴィチ、いれられずにすんだですか? 大丈夫だったですか?」

(西部ウクライナの連中ときたら、ラーゲルの中でまでちゃんと相手を父称でよび、

丁寧な「あなた」言葉をつかうのだ）

そういってから、配給食糧をテーブルの上から取って、シューホフにさしだした。配給のパンの上には砂糖の小さな白い塊りがのっていた。

シューホフはひどくあわてていたが、それでもちゃんと丁寧に返事をした（副班長もやはりおエラ方にはちがいないからだ。いや、時にはラーゲル所長よりも、影響力をもつことだってあるのだ）。シューホフはあっという間に、パンの上の砂糖の塊りを口でくわえ、舌の上でなめながら、片方の足はもうベッドの支柱にかけていた。上にあがって、寝床を片づけなければならないからだ。が、そうする間も、貰《もら》ったパンをじろじろ眺めながら、片手にのせて目方をはかってみた。ちゃんと規定の五百五十グラムあるだろうか？　シューホフは監獄でもラーゲルでも、この配給のパンを千に一度も余分に貰ったことはなかった。いや、一度だって秤《はか》りにかけて調べてみたことはなかった。彼は気の小さい男だったから、ぶつぶついったり、相手に文句をいうような勇気は持ちあわせていなかった。しかし、シューホフをはじめどんな囚人でも、パン切り場で正しい計量をしていたら、とてもやってはいけないことを、とうに承知していた。配給のたびに不足量はあるのだ。ただ、それがどの程度のものか、それが問題だった。そんなわけで、来る日も来る日も目分量ではかりながら、気休めをしているのだ。ひょっとすると、きょうはあまりごまかされずにすんだかな？　こりゃ、規定量すれすれじゃないかな？

「この分じゃ、二十グラムは足りんな」と、シューホフはひとりぎめして、それを二つに分けた。ひとつを防寒服のふところにしまいこんだ。彼の防寒服には小さな白いポケットが特別に縫いつけられてあった（工場で囚人用の防寒服を縫うときにはポケットをつけないことになっている）。朝食を倹約したあとの半分は、その場ですぐ食べてしまおうと思ったが、あわてて食べるのでは食べた気がしないし、第一、腹もくちくならずに、なくなるというものだ。で、その半分は戸棚へしまっておこうと、手をのばしかけたが、また思いなおした。当番の連中がもう二度も盗みを働いたことを思いだしたからである。大きなバラックは、まるで通りぬけできる庭みたいなもんだ。

そこで、イワン・デニーソヴィチは手からパンをはなさずに、脚絆《きゃはん》とスプーンをそのまま靴の中にのこして、長靴から巧みに両足をひきぬくと、はだしでベッドの上段へ這《は》いあがり、マットレスの小穴を大きくして、つめてあるノコ屑《くず》の中へパンの半分をかくした。そして頭から帽子をとり、その中から針と糸をひっぱりだした（これも奥ふかくかくしてあるのだ。身体検査の時には帽子もさわってみられるからである。ある時なんか、看守がこの針に手を刺して、シューホフは怒った相手からもうちょっとのところで頭を割られるところだった)。ザク、ザク、ザク——さあ、もうパンをかくした小さな穴はふさがった。そうしている間に口の中の砂糖はすっかりとけてしまった。シューホフはなおも全身を極度に緊張させていた。もうそろそろ作業主任が戸口にあらわれて、一喝する時分だから。シューホフは指先を器用に動かしながらも、頭の中では絶えず先まわりして、次はどうなるかといつもあれこれ思いめぐらしているのだ。

バプテスト信者は福音書を、黙読というよりは、まるで囁《ささや》き声をだして読んでいる(きっと、シューホフのために、わざとそうやっているのだろう。なにしろ、このバプテストの連中はえらく伝道に熱心だから)。

『なんじらのうち、なんびとも人を殺し、盗みをなし、悪を行ない、みだりに他人のことにたちいりなどして、苦しみを受くることなかれ。されど、もしキリスト教徒としてならば、恥ずることなかれ、かえってかかる運命《さだめ》のゆえに神をたたえよ』

アリョーシュカも大したものだ。この自分の手帖を壁の穴の中へ上手にかくしていて、いまだかつて一度も検査のときに見つかったことがないんだから。

シューホフはあいかわらず素早い動作で、ジャケツを横木にひっかけ、マットレスの下から手袋をひきだし、もうひとつ悪いほうの脚絆と、縄と、二本の紐《ひも》のついたボロ切れを取りだした。マットレスのノコ屑をきちんとならし（それはぎっちり一杯つまっていた）、毛布をぐるっと巻いて、まくらを定位置に投げると、またはだしで下へ這いおりて、脚絆をまきはじめた。まず上等の新品のほうをまいて、それからその上に悪いのをまきつけるのだ。

ちょうどそのとき班長が大声でどなって、起ちあがると、号令をかけた。

「一〇四班、休息おわり、外へでろォ！」

そのとたん、寝ていたものもそうでないものも班全員が、さっと起ちあがり、大きくのびをしてから、出口へ馳けだした。班長はもうラーゲル生活十九年の男で、決して一分でも班員を時間より早くかりたてたことはない。「外へ出ろォ！」と号令がかかったからには、一刻の猶予《ゆうよ》もないわけだ。

こうして、班員たちが重い足をひきずりながら、無言のまま、次々に、先《ま》ず廊下へ、つづいて玄関口へ、さらに入口階段へと出ていくころ、第二〇班の班長がチューリンをみならって、同じく号令をかけた。『外へ出ろォ！』シューホフはやっと二つの脚絆をまいた足に長靴をはき、防寒服のうえにジャケツをまとい、縄きれでしっかりしばったところだった（皮のバンドは持っていた者もあるが、みんな取りあげられてしまった——特殊ラーゲルでは皮バンドは禁じられていた）。

シューホフはやっと身なりをととのえると、玄関口で自分の班のしんがりの者に追いついた——番号をつけた背中が次々に扉をぬけて、入口階段へ出ていった。着られるかぎりの衣類を身にまきつけて、いくらかふくれあがった班員たちは、はすかいになって一列につづき、お互いにせきたてるでもなく、重々しい足を整列場所へ運んでいく。その足の下では雪のきしむ音がした。

辺りはまだあいかわらず暗かった。ただ、東の空がいくぶんみどりがかって、明るみだしてきた。そして、東から吹きつけてくるかすかな風が、肌につきささる。

朝の作業へ出動していく、このいっときほど骨身にこたえる一瞬はなかった。まっ暗のところを、酷寒をついて、空《す》き腹をかかえていくのだ。行く手には長い辛《つら》い一日が待っている。舌の先はまひしてしまう。お互いに口をきく元気もでない。

整列場所にはもう作業副主任がじりじりしていた。

「おい、チューリン、いつまで待たせるんだ?　またぐずぐずしてるのか?」

シューホフはともかく、チューリンはこの作業副主任を怖れていた。彼は下手な口はきかぬにかぎると、黙って歩いていった。班員たちは雪のうえを、彼のあとについていく。ザック、ザック、キュッ、キュッ。

どうやら、ベーコン一キログラムは届けてあるようだ。というのはきょうも第一〇四班はいつもの作業隊にいれられたからだ。となりの班でそれと見当がつく。あの《社生団》には要領のわるい、哀れな連中がまわされるのだ。いやはや、きょうあたりあそこは目もあてられないだろう。何しろ、零下二十七度で、風があるというのに、火の気どころか、風除《かぜよ》けもないんだから！

班長にはベーコンがいっぱい必要だ。生産計画部へつけ届けするほかに、自分の腹にもいれなくちゃならんから。もっとも班長ともなれば、自分で差入れの小包を受取らなくても、ベーコンぐらいどうにでもなる。班員のだれが受取っても、すぐ持ってきてくれるからだ。

いや、そうでもしなければ、生きていかれない。

作業主任が黒板にチェックする。

「チューリン、貴様のところはきょう一人病欠だから、作業人員は二十三名だな？」

「はッ、二十三名であります」と、班長はうなずく。

いったい、だれが休んでるんだ？　パンテレーエフだって。あいつが病欠とはねえ？　そのとたん、班内にざわめきが起った。あのパンテレーエフの犬め、またのこりやがったか。なにが病気のものか。保安部の奴《やつ》から残されたんだろう。まただれかを密告する気だな。

昼間なら簡単に呼びだすことができる。たとえ三時間であろうが、だれにも見つかる心配はない。

それを医務室へ連れてったとは……

整列場所は黒のジャケツでうまっていた——そして、その行列の中から、班ごとに、身体検査を受けに、のろのろと進みでていた。シューホフは防寒服の番号を新しくして貰《え》おうと考えていたことを思いだして、行列をかきわけて、反対側へ出た。そこには画かきの前に、二、三人の囚人が行列をつくって並んでいた。シューホフも列に加わった。この番号札というやつはみんなにとって悩みの種だ。遠くからでも看守には見つかるし、護送兵にはチェックされるし、さりとて頃合をみて新しくしておかないと、貴様、営倉ゆきだぞ、なぜ番号札をちゃんとしておかんのだ？　というわけだ。

画かきはラーゲルに三人いた。おエラ方のために画をただで描いてやっているほか、囚人たちが作業へ出動する前、順番に、番号書きをやっているのだ。きょうは白ひげを生やしたじいさんの番だ。帽子に画筆で番号を描いているところなんか、まさに坊さんが額に聖油を塗ってるといった恰好《かっこう》だ。

一描き、二描きしては、すぐ手袋に息を吹きかけている。薄地の毛糸手袋なので、手がかじかんでしまい、うまく数字がかけないのだ。

シューホフは画かきに防寒服の《Щ《シチャー》854》を書きなおしてもらうと、もうジャケツの前をかきあわせようともしなかった。どうせ身体検査までいくらも時間がないからだ。後は縄を手にしたまま、自分の班に追いついた。そのとたん、同じ班のツェーザリがタバコを喫《す》っているのに目ざとく気づいた。しかも喫っているのはパイプでなくて、巻タバコだ。つまり、一服おごってもらえるやつだ。しかし、シューホフはいきなりたかろうとはしなかった。ツェーザリのすぐ横に突立って、なかば顔をそむけて、じっとあらぬ方を眺めていた。彼はまるでケロリとした顔つきで、あらぬ方を眺めていたが、ツェーザリが一服吸いこむごとに（ツェーザリは物思いにふけっていて、たまにしか吸いこまなかった）、赤く円をえがいた灰のふちがのびていって、それだけタバコが短くなり、パイプの先に迫っていくのを見逃さなかった。

そこへまた山犬のフェチュコーフが忍びよってきて、ツェーザリの真正面に突立って、じっと相手の口もとをのぞきこみ、眼をギラギラさせた。

シューホフには一かけらのタバコもなかった。きょうは晩まで手にはいる見込みもなかった——だから彼は全身を期待におののかせていた。今の彼には巻タバコの吸いさしのほうが、自由そのものよりも望ましいものにさえ思われた。それでもなお彼には気位というものがあったので、フェチュコーフのように相手の口もとをのぞきこんだりはできなかった。

ツェーザリの体には、ありとあらゆる民族の血がまじっていた。ギリシャ人でもなければ、ユダヤ人でもない、さりとてジプシーでもない。いや、とにかく、はっきりしないのだ。まだ若い。映画の監督だった。もっとも第一作も撮りおえぬうちに、ぶちこまれてしまったのだ。黒々とした濃い口ひげをたくわえている。ここへきても剃《そ》りおとさないのは、身分証明書の写真がそうなっているからだ。

「ツェーザリ・マルコヴィチ！」と、フェチュコーフの奴はこらえきれなくなって、猫撫《ねこな》で声でいった。「一服喫わして下さいよ！」

と、その顔は激しい渇望《かつぼう》で醜くゆがんだ。

……ツェーザリは黒い瞳《ひとみ》の上になかばかぶさっていた瞼《まぶた》を心もちあけて、フェチュコーフを見やった。彼がパイプを前より愛用するようになったのは、喫っているときにぜひ一服やらせてくれと、横どりされたくないためだった。タバコが惜しいのでなくて、思考が中断されるのが残念だったのだ。彼がタバコを喫うのは心の中に力強い思考をよびさまし、それによって何かを発見したいためであった。ところが、彼が巻タバコに火をつけたとたん、何人かの目の色に『最後まで喫わんでくれよ！』という表情が浮ぶのだった。

……ツェーザリはシューホフを振りかえって、話しかけた。

「どうぞ、イワン・デニーソヴィチ！」

そういって、親指で琥珀《こはく》の短いパイプから火のついている吸いさしを、よじるようにして抜きとった。

シューホフはハッとして（そのくせ、彼はツェーザリのほうからすすめてくれるのを期待していたのだが）、素早く片手で恭々《うやうや》しく吸いさしをつまむと、今度は用心ぶかく落さぬようにもう一方の手を下から受けとめる形にした。彼はツェーザリがパイプのまま喫わせたがらなかったといって、腹をたてたりなどしなかった（人の口にはきれいなものもあれば、汚ならしいものもあるからだ）。それに、鍛えにきたえた彼の指は火の先をじかに持っても火傷《やけど》しなかった。いちばん肝心なことは、彼が山犬のフェチュコーフをだしぬいて、今や唇が火で焼けるまで、思う存分けむりを吸いこめるということだった。ふーッ！　けむりは飢えた体ぜんたいにひろがり、爪先《つまさき》にも、頭の中にまでじーんとしみとおった。

こうして、この恍惚《こうこつ》感が体ぜんたいにひろがったとたん、イワン・デニーソヴィチは唸《うな》るような声を耳にした。

「下のシャツまで調べるぞ！……」

いや、囚人の生活なんてこんなものなのだ。シューホフはもう観念していた。ただ元も子もなくならないように用心するだけだ。

でも、なんだって下のシャツまで？　だってシャツはお上《かみ》が自分でくれたものじゃないか?!　いや、そうじゃないんだ……

もう身体検査まであと二班をのこすのみとなった。第一〇四班全員が見ている前で、本部から監督官のヴォルコヴォイ中尉《ちゅうい》が出てきて、看守たちに何事か怒鳴っていた。と、ヴォルコヴォイが来るまではなんということもなく検査していた看守たちが、いきなり活気づいて、まるで野獣のように、囚人たちに襲いかかった。看守長はさらに大声をあげた。

「シャツのボタンまではずせ！」

ヴォルコヴォイのことは、囚人はもちろん、看守たちも、いや、ラーゲル所長でさえも怖《おそ》れているという話だった。さすがは神さまだけのことはある。よくもまあ、ぴったりした名前を授けたものだ！　その名のとおり、ヴォルコヴォイ（訳注　ロシア語でヴォルク（狼）の形容詞）はどうみても狼《おおかみ》そのものだった。浅黒い、面長な顔に、眉《まゆ》をひそめて、目もとまらぬ早さで歩きまわるのだ。いきなりバラックのかげから現われて『なぜこんなところにごろごろしているんだ？』といった調子だ。とても逃げもかくれもできない。はじめのころは鞭《むち》までひっさげていた。革をあんだやつで、それこそ手のかわりにしていたのだ。営倉の中では、それをビュービュー振りまわしたという。また、晩の点呼のときなど、バラックのかげで囚人たちがかたまっていると、後ろからいきなり襲いかかって、首すじに鞭うったりした。『なんだって整列せんか、この野郎?』人々はまるでさざ波のように彼のもとから散っていく。やられた奴は首すじをかかえて、血を拭《ぬぐ》いながら、唇をかみしめている。営倉だけは免れたというわけだ。

最近はなぜか鞭を持たなくなった。

酷寒《マローズ》のあいだ、ふつうの身体検査は、晩はともかく、朝だけはかなり規則もゆるやかだった。囚人たちはジャケツのボタンをはずし、両裾《りょうすそ》をひらくのだ。その恰好で五人ずつ、これまた五人の看守の前に進みでる。看守たちは縄をぐるぐるまいた防寒服の両脇《りょうわき》をポンポン叩《たた》き、許されている右膝《みぎひざ》の上の唯一《ゆいいつ》のポケットをしらべるのだが、自分は手袋をはめたままだ。そして、何かあやしいものにふれた場合にも、すぐには手袋を脱がずに、気のなさそうに《こりゃ、なんだ?》とたずねるのだった。

朝なんか囚人たちから何をさがそうというのか? ナイフでも? いや、これはラーゲルへ持ちこむことはあっても、持ちだすはずがない。朝の検査が必要なのは、だれか三キロほどの食糧を持ちだして、逃亡しやしないか、調べるためだ。ひところ、それはそれはこのパンに神経をとがらせたものだ。何しろ、各自の昼飯用の二百グラムのパンまで、各班で木製のトランクを作って、その中に全部ひとまとめにして運ぶこと、というお達しが出たくらいだ。なんのためにそんなことをしたかは、いくら考えてみても分らぬことだが、まあ、早い話、囚人たちをいじめてやろうというものだろう。いずれにしても心労がふえることだから。何しろ、自分のパンにかじりめをつけ、トランクの中へいれるのだが、パンなんてもとは一つだし、どれもこれも似たりよったりなので、すりかえられやしないかと道中も気が気でない。お互いに言い争ったり、時には取っくみあいになることもあった。ところがある日、作業現場から三人の囚人が自動車にのって逃亡し、このパンのトランクを持っていってしまった。そこではじめてお工ラ方たちも目がさめたとみえ、全部のトランクを詰所で薪《まき》にしてしまった。それからまた、各自で持っていけ、というわけだ。

また朝は、囚人服の下に民間服を着こんでいないかどうかを調べる必要があった。そうはいうものの、民間品はとうの昔にみんなきれいにまきあげられてしまっていて、刑期が終るまでは渡してくれない、という話になっていた。ところが、このラーゲルではまだひとりも刑期を終った奴はいなかった。

いや、検査することはまだほかにもある――民間人を通じてだしてもらうために、手紙をしのばせていないか？　もっとも各自に対して手紙さがしをやっていた日には、昼までかかってしまうだろう。

ところが、ヴォルコヴォイが何やら検査するように怒鳴ったとたん、看守たちは素早くいっせいに手袋を脱ぎ、防寒服の前をひらくように命令した（みんなはこの防寒服の下に秘《ひそ》かにバラックのぬくもりをしのばせてきたというのに）。さらに、シャツのボタンをはずさせ、何か規則違反のものはないかとさぐりはじめた。囚人たちは上下二枚のシャツが許されている。その他のものは脱げ！　というわけだ。このヴォルコヴォイの命令は囚人たちの列から列へ伝った。早いところ検査を受けた連中は、うまくやったな。もう門を出ているやつもいるだろう。ところが、こちとらはこれから全部みせろ！　だ。規則違反のやつは、この酷寒の中をその場ではがされるのだ。

こうして取調べがはじまった。やつらの方にもぬかりがあった。門のところがもうがらがらになったので、詰所の護送兵が、早く、さっさとしろ！　と怒鳴りだした。そこでヴォルコヴォイも第一〇四班に対しては怒りを憐《あわ》れみにかえた。つまり、余分なものを着ているものは、今晩自分で倉庫へ持参し、なぜ、どんな風にかくしていたか始末書を提出せよ、というわけだ。

シューホフの身についているのは何もかも官給品なので、さあ、思いきり胸を張って歩け、だったが、ツェーザリはネルのシャツを、ブイノフスキイは、多分、チョッキか胸当てをチェックされたのだろう。ブイノフスキイは大声をはりあげた。いや、むりもない。水雷艇とちがって、ラーゲルではまだ三カ月しかならないのだから。

「君たちも酷寒《マローズ》のなかで人を裸にする権利は持ってないはずだ！　刑法第九条を知らんのか！……」

なあに、持ってるとも。知っとるとも。なあ、兄弟、知らねえのはお前さんだけだぞ。

「君たちはソビエトの人間じゃない！」と、中佐は追いうちをかけた。「君たちはコムニストじゃない！」

刑法の条文についてはヴォルコヴォイもまだ我慢していたが、この一言をきくと、百雷が一時におちたような調子で怒鳴りつけた。

「十昼夜の重営倉！」

それから小声で、看守長にいった。

「晩までに書類をつくれ！」

連中は朝のうちに営倉へいれるのをいやがっている。作業人員が少なくなるからだ。昼間は大いに骨をおらせて、夜になったら監獄《ブール》へぶちこむのだ。

監獄《プール》はラーゲルのなかの、整列場所の左手にあり、両翼のつきだした石造建物である。片方はこの秋、建てましされたのだ――一つだけでは足りなくなったからだ。全部で十八の独房があり、ラーゲルの建物がすべて木造であるのに、ひとり監獄だけは石造である。

寒気がシャツの中まで忍びこみ、もう追いだすわけにいかない。いくら囚人たちが前をかきあわせても――しょせんむだというもの。そうしているうちにも、シューホフは肩のあたりがきつくなってきた。いま病院のベッドに横になって、寝られたらなあ。もうほかに何も望むことはない。ああ、どっしりした毛布が一枚あったらな。

囚人たちは門のまえで、ボタンをかけたり、縄で体をしばりつけたりしている。そばから護送兵が「さあ、早くしろ、早くしろ！」と、せきたてる。作業主任もみんなの背中をこづいている。「さあ、早くしろ、早くしろ！」

第一の門をぬけると、構外への中間地帯になり、次に第二の門がある。詰所のところには二列の柵《さく》がしてある。「とまれ！」と、守衛がわめく。「畜生どもの群じゃあるめえし。ちゃんと五人ずつ隊伍《たいご》をくめ！」

ようやく夜が明けはじめた。詰所のうらの護送兵たちの焚《た》き火も燃えつきそうだ。この連中は囚人護送へ出かけるまえにいつも焚き火をたくのだ。これは自分たちの体をあたためるためと、焚き火の明りで勘定をしやすくするためだった。

守衛のひとりが大声をはりあげて、次々にかぞえていく。

「一列！　二列！　三列！」

今度は五人が列をくずして、横に並んで前進する。と、後ろからみても、前からみても、頭が五つ、背中が五つ、足が十本というわけだ。

第二の守衛は検査係で、反対側の柵のところに無言で突立ったまま、員数にまちがいがないかどうかを、チェックするのだ。

さらにもうひとり、中尉が立って、監視している。

これはラーゲル側の中尉だ。

人間は黄金より値打ちがある。鉄条網のむこうで頭がひとつ足りなくなれば、自分の頭でうめあわせなければならぬ。

こうして再びひとつの班はみんないっしょになる。

と、今度は護送側の軍曹がかぞえる番だ。

「一列！　二列！　三列！」

再び五人が列をくずして、横に並んで前進する。

護送隊の副官も反対側から調べている。

さらにもうひとり中尉がいる。

これは護送側だ。

どんなことがあってもまちがえてはならない。余分な頭を書きこんでしまえば、自分の頭でうめあわせなければならぬ。

さて、護送兵どもはずらりとたちはだかっている！　暖発電《テッツ》（訳注 暖房発電所）ゆきの作業隊を半円形にかこんで、自動小銃を囚人たちの鼻先にピタリとつきつけている。灰色の軍犬をつれた軍犬隊の連中もいる。一匹の犬が歯をむいた。まるで囚人どもをあざけっているようだ。護送兵は大抵、皮の半外套《はんがいとう》をきていたが、ただ六人だけ裾長の毛皮外套をきていた。裾長の毛皮外套は望楼勤務につくものが交代で着るのだ。

それからもう一度、班の隊形をくずして、暖発電ゆきの作業隊全員を五列縦隊になおして、護送兵が数えなおす。

「日の出の時刻がいつもいちばんひどい酷寒《マローズ》ですな」と、中佐が説明する。「何しろ、夜中冷えこんで、その一番の頂点ですからな」

中佐はなんでも説明するくせがあった。どんな年の、どの日でも、ちゃんと新月だったか満月だったか、承知している。

中佐はラーゲルへきて見るみるうちにやつれ、頬もこけたが、元気だけは大したものだ。

ここラーゲル構外では、刺すような風が吹いているので、シューホフの鍛えぬいた顔でさえ、酷寒にヒリヒリと痛んだ。この分では暖発電の現場へいく間じゅうむかい風が吹いているなと見てとり、シューホフは風除《かぜよ》けをかぶることにした。むかい風を防ぐためのボロ切れは、シューホフも他の連中と同様もっていたが、それには二本の長い紐《ひも》がついていた。囚人たちはこんなボロ切れでもけっこう役に立つと、認めていた。シューホフは顔を目のところまですっかりかくし、二本の紐を耳の下へとおして、うなじのところで結んだ。それから帽子のふちをさげてうなじをかくし、ジャケツの襟《えり》をたてた。さらに帽子の正面のふちも額にたらした。こうして、もう前の方は目だけしかあいていなかった。ジャケツの腰の部分を細引でしっかりとしめつけた。これで万端ととのったわけだが、ただ手袋が悪いので、もう両の手はかじかんでしまっている。彼は両手をこすったり、バタバタ叩いたりした。もう今すぐにも両手を背中にくまされて、現場まで歩いていかなくてはならないことを知っていたからだ。

護送隊長は毎日耳にタコができるほどきかされている囚人の《お経》をとなえだした。

「囚人部隊、気をつけ！　行軍中は縦隊の隊形をくずしてはいかん！　隊列をのばしたり、ちぢめたり、隊伍をみだしたり、口をきいたり、左右をキョロキョロしてはいかん。両手はうしろに組んだままにしておけ！　一歩でも列の左右にでるものは、逃亡とみなして、護送兵は警告ぬきで発砲する！　縦隊、前へ進め！」

どうやら、先頭の二名の護送兵が歩きはじめたらしい。作業隊の前方がざわざわして、肩が揺れだした。護送兵も作業隊から左右に二十歩、お互いには十歩の間隔をおいて前進していく。自動小銃をいつでも撃てる姿勢にかまえながら。

雪はもう一週間も降らなかった。道は踏みならされて、こちこちだ。ラーゲルを一まわりしたところで、風が斜めから吹いてきた。両手をうしろに組んで、頭をたれて進む縦隊は、まるで葬列のようだ。自分の目にみえるものといったら、前をいく二、三人の足と、踏みならされた地面の一郭だ。そこへ今度は自分の足で踏みだしていくのだ。時どき、だれかしら護送兵が大声をはりあげる。「Ю《ユー》四八番、手をうしろへ！」「Б《ベー》五〇二番、間隔があいたぞ！」間もなく護送兵たちもあまり怒鳴らなくなる。刺すような風が視界をさえぎるからだ。連中はボロ切れで頭を包むことも禁じられている。勤務もご苦労さんなことだ……

これがいくらか暖かい日には、列の中に話声がたえない。いくら怒鳴りつけても、ききめはない。が、きょうはみんな身をちぢめ、前の者の背中のかげにかくれて、黙々と物想《ものおも》いにしずみながら進んでいった。

囚人の物想いなんて——とてもそんな気楽なものじゃない。いつもなにか考えては、堂々めぐりをやってるようなものだ。マットレスにかくしたパンは見つからないだろうか？　今晩、医務室で作業免除になれるかな？　中佐はぶちこまれるかどうか？　それにしても、ツェーザリはどうやってあんなあたたかそうなシャツを手にいれたんだろう？　きっと、私物保管倉庫でうまいことやりやがったんだろう。よくまああんなものが？

パンぬきで朝食をしたのと、冷えたものしか食べていなかったので、きょうのシューホフは空腹に悩まされていた。だから空き腹を刺激し、食慾《しょくよく》をあおることをやめて、ラーゲルのことは考えないようにした。彼はそのかわり、もうそろそろ家へ手紙をかかなければと思案しはじめた。

囚人部隊は自分たちの建てた木工所のそばを通り、住宅街（ここの建物もやはり囚人たちが建てたものだが、住んでいるのは民間人たちだ）の横を通り、新しいクラブ（これも囚人たちが基礎工事から壁塗りに至るまでやってのけたのだが、そこにかかる映画は民間人たちしか見られない）のわきを抜けると、荒野に出た。とたんに、風はまともに吹きつけてきたが、部隊は赤味をおびてきた東をめざしてなおも進んでいく。見渡すかぎり、右を見ても左を見ても、真っ白な雪の肌がつづいている。この茫《ぼう》漠《ばく》たる荒野にはただ一本の立木もなかった。

年があけて一九五一年が訪れると、シューホフは年二通の手紙をかく権利を貰《もら》った。一番最近彼が手紙をだしたのが七月で、返事がきたのが十月だった。ウスチ＝イジマのラーゲルでは別の規則になっていて、出したい奴《やつ》は毎月でも書くことができた。いや、それにしても、手紙になにを書けばいいんだ？　シューホフはそのころも、今より多く書いたわけではなかった。

シューホフが家を出たのは一九四一年の六月二十三日だった。日曜日にポロムニャの教会へ朝のお祈りにいってきた連中が「戦争がはじまったよ」と知らせてくれた。ポロムニャの郵便局がラジオのニュースをきいたのだ。戦争になるまでテムゲニョヴォ村には一台のラジオもなかった。ところが今じゃ、手紙によると、どんな家にも有線ラジオがついているらしい。

近ごろでは手紙をかくということは、まるで底なしの沼へ小石を投げこむようなものだ。どんなことをいってやっても、さっぱり手ごたえがないからだ。まさか、こちらは何班に属していて、班長のアンドレイ・プロコーフィエヴィチ・チューリンはこんな人物だ、などと書くわけにもいかない。今じゃ、ラトビア人のキルガスとの方が、家の者とよりずっと話題があるというものだ。

そりゃ、家の者も年に二度は手紙を書いてよこすが——暮しむきはさっぱりわからない。コルホーズの議長が変ったというけれど、これは毎年のことだ。いや、コルホーズが統合で大きくなったというが、以前にもそんなことがあったが、間もなくまた縮小されたはずだ。それからまた、ノルマを遂行しなかっただれそれは、個人菜園を百五十平方メートルにされてしまったとか、家の前のまでけずられたものもあるそうな。

シューホフにはどうしても合点のいかぬ話だが、女房の手紙によると、戦争このかた、コルホーズの働き手はただの一人もふえていないそうだ。若者たちは男も女も、なんだかだとうまいことをいって町の工場や泥炭坑へ働きにでてしまうとか。兵隊にとられた男どもの半分は帰ってこなかったし、帰ってきたものもコルホーズなんかに目もくれず、自分の家にいて、別の仕事をしているそうだ。コルホーズにいる男の働き手は班長のザハール・ワシーリッチと八十四になる大工のチホーンだけで、チホーンは先ごろ嫁を貰って、もう子どもができたとか。だから、コルホーズをきりまわしているのは、三〇年代からの女房どもだという。

シューホフになんとしても合点のいかないのは、家に暮していながら、何か別の仕事をしているということだった。シューホフは個人農の暮しも、コルホーズ農の暮しも見てきたが、男どもが自分の村にいながら働きにでない、ということは、なんとしても納得できなかった。出かせぎというやつだろうか？　それにしても草刈りのときはどうするんだろう？

ところが、出かせぎなんかとうの昔にやめてしまった、と女房は書いてよこした。大工仕事ではちょっと名の売れていた地方なのに、それもしないどころか、柳の枝でかごを編むのもやめたとか。今じゃ、そんな仕事をする必要はないらしい。ところが、ここにひとつ、じゅうたん染め、という新商売が生れて、なかなか派手らしい。兵隊帰りのひとりが型紙を持ってきたのがはじまりで、それからというものは見るみるうちに拡《ひろ》がって、今じゃ「染め職人」なる腕ききがわんさといるらしい。職人どもはちゃんときまった仕事もせずに、草刈りや取入れのときだけ、一月ばかりコルホーズを手伝ってやり、そのかわりに、コルホーズからあとの十一カ月に対して証明書を貰うしきたりだそうだ。つまり、コルホーズ員なにがしは私用により休暇中なるも、コルホーズに滞納金なし、というやつを。こうして、この連中は全国をとびまわり、時には飛行機にものるという。何しろ、時は金なりというわけだ。どこへいっても引っ張りだこで染めさせてくれる。ただでくれてやってても惜しくないような古いなんの変哲もないじゅうたんを染めて、五十ルーブルの稼ぎ。しかも、一枚染めるのに、一時間とはかからない。だから、女房のやつも亭主のイワンが帰ってきたら、この染め職人になってくれるのを秘かに願っているらしい。そうなれば今のような貧乏ぐらしから足を洗って、子どもたちを実業学校へいれ、もう腐りかけているあばらやのわが家も新築できるというものだ。染め職人のところではみんな新築した。鉄道線路に近いところは、以前なら五千ルーブルで建てられたのに、今じゃ二万五千もかかるというのに。

そこで彼は女房にいってやった。生れつき絵ごころのないおれに、どうして染め職人がつとまるか？　で、そのすばらしいじゅうたんというやつはどんなものなんだ、一体、なにが描《か》いてあるんだ？　女房は返事をよこして、馬鹿《ばか》でもないかぎり、あんなものは描ける。だって、穴のあいた型紙をおいて、上から筆でこするだけなんだから、といってきた。それに、模様は三種類きり。ひとつは『トロイカ』という名前がついていて、騎兵士官が美しい三頭立の馬車を御しているところ。二番目は『鹿《しか》』という名で、三番目はペルシャ風の模様。絵柄は全部でそれだけなのに、これが全国どこへいっても引っぱりだこで、大変な評判なのだ。というのも、本もののじゅうたんなら五十ルーブルどころか、何千ルーブルとするからだ。

シューホフは、せめて片目でなりとも、そのじゅうたんを眺めたかった。ラーゲルや監獄で暮しているうちに、イワン・デニーソヴィチは、明日はどんな風に、一年後はこんな風に、と心がまえをしたり、家族の身の上を案じたりする習慣をなくしてしまった。そんなことはみんな彼にかわっておエラ方が考えてくれる——いや、その方がかえって気もらくだ。それに、彼はまだ夏冬、夏冬、つまり、あと二年は入っていなければならないのだ。それでも、このじゅうたんの話だけは気になった……

それにしても、えらく割がいい商売らしい。また、同じ村の奴らにおくれをとるのもいまいましかった……そうはいっても、イワン・デニーソヴィチは、心の底では、そんなじゅうたん染めなんてやりたくはなかった。そんな商売をするには厚かましくずけずけやったり、時には袖《そで》の下ぐらいはやらなくちゃならんだろう。ところがシューホフは四十年の星霜をへて、歯も半分はかけ、頭もうすくなってしまったが、いまだかつて賄賂《わいろ》をやったりとったりしたことはなく、ラーゲルでもそれだけは覚えなかった。

あぶく銭というやつは、やっぱり、それっきりのもので、自分で汗水たらして働いた実感がわかないものだ。昔のひとはうまいことをいっている。骨を折ればそれだけ値打ちもでる。シューホフは腕におぼえのある職人だ。まさか娑婆《しゃば》へ出て、パン焼きか指物師、あるいはブリキ屋の職にあぶれることはないだろう。

ただ問題なのは、市民権はく奪の身ではどこもやとってくれぬかも知れぬ。いや、家へだって帰してくれぬだろう。まあ、そうなったら例のじゅうたん染めでもやってみるか。

そんな物思いにふけっているうちに、作業隊は目的地に到着し、広々した作業現場の片隅にある詰所の前で停止した。そのすこし前に、裾長《すそなが》の毛皮外套をきた二人の護送兵は列をはなれて、勤務のためにはるかかなたの望楼めざして歩きだした。全部の望楼に護送兵が立哨《りっしょう》しないかぎり、構内にはいれないことになっている。自動小銃を肩にかけた護送隊長が詰所の方へやってきた。いっぽう詰所の煙突からは絶えまなく煙がたちのぼっている。そこには民間人の守衛が、板ぎれやセメントの持出しを見張るために、一晩じゅう詰めているのだ。

有刺鉄線の門のむこう側には、広々とした建設現場がひらけ、そのはるかかなたに鉄条網が見えるが、それよりもっと遠く地平線のはてに、まるで霧につつまれたような、大きな赤い太陽がのぼりかけていた。シューホフのとなりにいたアリョーシュカは、太陽を見ると、急に笑顔になり、唇に微笑を浮べた。頰はげっそりこけ、内職もしないで配給のパンだけでやっているというのに、いったい、なにがそんなにうれしいんだろう？　日曜日になると、バプテスト信者はみんな集って、お互いにおしゃべりをやっている。この連中にとっては、ラーゲル生活も「蛙《かえる》の面《つら》に水」というわけか。

例の風除けのボロ切れは、道々、吐く息ですっかり濡《ぬ》れてしまい、ところどころに小さな氷の塊りができるほどカチカチに凍ってしまっている。シューホフはそれを顔からずらして、首にさげ、風を背にした。どことかいって別に穴があいているわけではないが、ものが悪いので手袋をはめた両手もすっかりかじかんでしまった。いや、左足の指も感覚がなくなっている。左の長靴に焼けこげをつくり、二度もつぎをあてているからだ。

背中ぜんたいが肩のあたりまでどうにもかったるい。こんなことで仕事ができるかな？

うしろをむくと、班長の顔と鉢あわせした。後の列にいたのだ。班長は肩はばのがっちりした体格で、みるからに大柄だった。しかめ面をして突立っている。彼は冗談をいって班員を笑わせたりはしなかったが、食事の面倒はよくみてくれて、すこしでも余分な配給が貰えるように気をつかってくれている。二度目の刑期《おつとめ》で、おまけに中央ラーゲル局出身ときているので、ラーゲルのことならどんなことでも知りぬいていた。

ラーゲルでは班長にすべてがかかっている。いい班長にあたれば、生命《いのち》拾いをするし、悪い班長にぶつかれば、棺桶《かんおけ》に眠ることになる。シューホフはアンドレイ・プロコーフィエヴィチ（チューリン）をまだウスチ゠イジマにいた時分から知っていた。もっともその頃は彼の班ではなかった。つまり、ウスチ゠イジマの一般ラーゲルから刑法第五十二条組がこの徒刑ラーゲルへ追っぱらわれたとき、チューリンに拾われたのだ。シューホフはラーゲル所長とも、生産計画部とも、現場主任や技師連とも交渉はもっていないが、いつでも班長がかばってくれた。まるで母親の胸に抱かれているみたいだ。そのかわり、班長が眉《まゆ》ひとつ、指一本動かしただけでも、間髪をいれず、用事を足さなければならぬ。ラーゲルではだれをだまそうとも、班長のアンドレイ・プロコーフィエヴィチだけはだましてはならぬ。それでこそ、生きていかれるのだ。

そのときシューホフは班長に、きのうと同じ場所で働くのか、それとも別の場所へ移るのか、訊《たず》ねてみたかった。しかし、相手が深い物思いに沈んでいるので、気がひけた。《社生団》ゆきをやっとまぬがれた今、班長はきっとノルマ計算のことでも考えているのだろう。その計算にこれから五日間の配給量がかかっているのだ。

班長の顔は天然痘のため大きなあばただらけだ。風にむかって仁王立ちとなり、眉ひとつよせていない。顔の皮はまるで樫《かし》の木の皮のようだ。

隊列のなかではみんなが両手を叩《たた》いたり、足ぶみしていた。とにかく、酷《ひど》い風だ！ もうそろそろ全部の望楼に見張りがたったころだのに、まだいれてくれない。全く警戒心が旺盛《おうせい》なもんだ。

ああ、やれやれ！ やっと護送隊長と点検係が詰所から姿をみせて、門の両脇《りょうわき》にたち、門をあけた。

「五列縦隊に整列！ 一列！ 二列！」

囚人たちは、まるでパレードにでも出るみたいに、歩調をとらんばかりにして歩きだした。構内に入ってしまえば、何をしようが知っちゃない。

詰所の少し先へいくと、事務所の小屋があり、そのそばに現場監督が突立っていて、班長たちを呼んでいる。いや、班長たちは自分のほうからそちらへ出かけていく。職長《デール》も出かけていく。奴は同じ囚人のくせに、仲間の者たちを犬よりも酷くこきつかう卑劣漢だ。

もう八時、いや八時五分だろう（たったいま移動発電所の汽笛がしたばかりだから）。おエラ方のほうでは、なんとか囚人たちの時間をむだにすまい、火の気のあるところなどに散らばらぬようにさせねば、と気をもんでいるが、囚人たちにしてみればまだ一日はたっぷりあるから、あわてたことはないというわけだ。構内ではみんな身をかがめ、下をむいて歩いていく。あちこちから小さな木ッ端《こば》を集め、自分たちのペーチカにとっておくのだ。それから、早いとこ隠れ穴へかくれてしまう。チューリンは副班長のパウロに自分といっしょに事務所へいくように命じた。ツェーザリもそっちへ出かけていった。ツェーザリは金持ちで、月に二度差入れの小包を受取り、しかるべきところへはちゃんと袖の下を使っていた。だから、ノルマ計算係の助手として事務所の中で働くことができるのだ。

第一〇四班の残りのものは脇へそれ、どんどん駈《か》けだしていく。

霧につつまれた赤い太陽が、がらんとした作業現場の上にのぼった。構内には組立住宅のパネル材が雪をかぶったり、建てかけた石造倉庫の基礎工事のあたりに、ハンドルの折れた土掘り機械がころがっていたりした。またあちこちに鉄桶や屑鉄《くずてつ》の山が見え、そうかと思うと掘りかけの溝もあれば壕《ほり》もあり、到《いた》るところに穴があいていた。いや、自動車修理工場の屋根には支えの棒がしてあった。そして、小高いところに、二階ができかけている暖発電の建物があった。

こうして、みんなは姿を消してしまった。あとはただ、六人の見張兵が望楼に頑張り、事務所のまわりに人が群《むらが》っているばかりだ。いや、この一瞬こそ囚人たちの自由なひとときなのだ！　現場の主任は各班の作業割当てを前の晩にすませておくようにと何度もおどかしているのだが、いっこうにききめがない。というのもおエラ方のほうも一晩のうちにガラリと方針が変ることがあるからだ。

ああ、束《つか》の間《ま》の——自由のひとときよ！　おエラ方が相談してるあいだは、さっさとあたたかいところへしけこんで、ゆっくり休むがいい。もうすぐ辛《つら》い仕事が待っているのだ。うまいこと、ペーチカのそばに陣取れたら、脚絆《きゃはん》をといて、あたためるんだ。そうすりゃ、一日じゅう足はポカポカというものだ。いや、たとえペーチカがなくたって、楽しみはおなじこと。

第一〇四班の連中は自動車修理工場の大きな部屋へ入っていたが、そこには去年の秋からガラスも入っていた。いつもは第三八班の連中がコンクリート板をつくっているところだ。木型に入ったコンクリート板がおいてあったり、もうはずしたのが立てかけてあったり、網状の補強材なども散らばっていた。天井がえらく高く、おまけに土間ときているので、あたたかさの点ではそれほどでもない。しかし、この部屋は石炭を惜しまずに暖房していた。もちろん、囚人たちのためじゃなくて、コンクリートの乾きをよくするためだ。いや、温度計までぶらさがっている。日曜日には、どうしたわけかラーゲルも作業を休むが、そのときも民間人が暖房をしているのだ。

第三八班の連中は、当り前のことだが、他の班の者はだれもペーチカのそばへよせつけない。自分たちでぐるりと取りまいて、脚絆を乾《ほ》している。結構だとも、おれたちはこの隅っこで平気だよ。

シューホフは、もう今にも穴のあきそうな綿入れズボンの尻《しり》を、木型のはじにのせて、背中で壁にもたれた。それから、体のむきをかえようとしたとき、ジャケッツと防寒服が突っぱって、左の心臓の上あたりが、何かかたいもので押しつけられるように感じた。このかたいものは——内ポケットから突きだしているパンのかどだった。例の朝食の残り半分で、昼飯用に持参したのだ。いつもは作業に出るとき持ってきたパンを昼飯前に食べたりはしなかった。しかし、いつもは朝食のときにあと半分を食べてくるのだが、きょうはそれができなかった。シューホフにはせっかくの倹約がなんの役にもたたなかったことが分った。ああ、今このあたたかいところで食べてしまいたい。昼飯まで——あと五時間もある。ずいぶん先の話だ。

さっきまで肩が痛かったのに、今度はそれが足へ移った。両の足はすっかり力が抜けてしまった。ああ、ペーチカのそばへいきてえな！……

シューホフは手袋を膝《ひざ》の上にのせ、防寒服の前をひらき、凍《い》てついた風除《かぜよ》けのボロ切れを首から外した。五、六ぺんもんでから、それをポケットにしまいこんだ。今度は白いボロ切れにつつんだパンを取りだし、一かけらのパンもこぼさないように、下からそのボロ切れで受けとめながら、チビチビとパンをかじっては、かみしめるのだった。パンはジャケツと防寒服の下へ忍ばせてきたので、体温であったまっており、すこしも凍てついた感じはなかった。

ラーゲル生活をはじめてから、シューホフは一度ならず、むかし村にいたころの食生活を思い浮べた。ジャガイモをフライパンに何杯、粥《カーシャ》を鉄鍋《てつなべ》に幾杯、いや、もっと前には、どえらい肉の塊りを食べていたものだ。それに牛乳なんか、腹の皮がさけるほど飲んだものだ。あんなに食べる必要はなかったのだ。シューホフはラーゲルにきてそう悟った。食べるときには、食べ物のことだけ考えればいいのだ。つまり、今、このちっぽけなパンをかじっているように。先《ま》ずちょっぴりかじったら、舌の先でこねまわし、両の頬でしぼるようにするんだ。そうすりゃ、この黒パンのこうばしさよ。シューホフはこの八年、いや、足かけ九年、なにを食ってきた？　ろくなものじゃない。じゃ、胸につかえるか？　とんでもない！

こうしてシューホフが二百グラムのパンに専念していたとき、そのそばには第一〇四班全員がやはり腰をおろしていた。

兄弟のように似ている二人のエストニア人が、低いコンクリート板の上に坐《すわ》って、半分に切った巻タバコを、かわりばんこに、一本のパイプから喫《す》っていた。この二人のエストニア人はどちらも色白で、背が高く、痩《や》せていて、足が長く、大きな目をしていた。二人はいつもいっしょにくっついていて、まるで別々にいては息がつまるといった恰好《かっこう》だ。班長も決して二人をひきはなさない。食べるときもなんでもはんぶんこだし、寝るときも上段ベッドにならんで寝る始末。そして隊列にいるときも、集合のときも、あるいはまた晩になって寝るときも、二人はいつも何やら小声でボソボソと囁《ささや》きあっている。といって二人はむろん兄弟でもなんでもなく、この第一〇四班へきてからの知合いなのだ。一人は沿岸地方の漁師であり、もう一人はソビエト政権ができたとき、まだ小さな子どもで、両親に連れられてスエーデンへいったのだという。が、成人してから自分の意志で帰国し、エストニアの大学を卒業したのだ。

世間では、民族の区別なんて無意味だ、どんな民族にも悪いやつはいる、といっている。でもシューホフの会ったかぎりではエストニア人に悪い奴《やつ》はいなかった。

みんなは思いおもいに、あるものはコンクリート板の上に、あるものは木型の枠の上に、またあるものはじかに土間に、坐りこんでいた。朝のうちはどうもよく舌がまわらない。各自はそれぞれの物思いにふけりながら、黙りこくっている。山犬のフェチュコーフがどこからかタバコの吸いがらをしこたま集めてきた（奴は痰壺《たんつぼ》の中からでも平気でつまみだしてくるのだ)。そして今度は膝の上でそれらをばらして、燃えのこりを一枚の紙の上にこぼしていた。フェチュコーフも自由の身であった時分には、三人の子持ちだったが、ぶちこまれると子どもたちは離れていき、女房も再婚してしまった。だから今じゃ、どこからも差入れがこない。

ブイノフスキイはさっきからフェチュコーフの様子をうかがっていたが、ついにたまりかねて、怒鳴った。

「おい、なんだってそんなものを拾ってきた？　口から梅毒がうつるぞ！　さっさと、すてろ！」

海軍中佐といえばもう艦長級だ。それでつい指揮をとるくせがでてしまう。だれと話していても、すぐ命令口調になる。

ところが、フェチュコーフはなにもブイノフスキイにかかりがあるわけではない。中佐にも差入れ小包はきていない。だから、フェチュコーフは半分歯のぬけた口で毒々しく笑いながら、食ってかかった。

「待ってくんなよ、艦長さん。おめえさんだって八年も入ってりゃ、集めるようになるさ。なーに、おめえさんよりよっぽどお高くとまってた奴もラーゲルにゃきたがね……」

フェチュコーフはわが身に照らして判断しているのだが、この中佐なら、ひょっとして、耐えぬくかも知れぬ……

「なんだ、なんだ?」すこし耳のとおいセンカ・クレフシンが口をはさんだ。けさ集合のときブイノフスキイが怒った一件のことを話していると思ったらしい。「なにもあんなに怒る手はねえよ!」と、彼は同情して頭をふった。「うまくいくところだったのになあ」

センカ・クレフシンはおとなしい哀れな男だった。片方の耳をもう四一年（訳注 独ソ開戦の年）にやられていた。その後、捕虜になったが脱走し、また捕まって、ブッヘンワルド（訳注 ナチの強制収容所）へほうりこまれたのだ。ブッヘンワルドでは奇跡的に生命拾いをし、今はおとなしく刑期をつとめている。カッとなってはおしまい、と口ぐせのようにいっている。それは確かだ。苦しくとも、がまんするのだ。ムキになれば、それだけカドがたつというものだ。

アリョーシュカは掌《てのひら》で顔をかくして、黙っている。お祈りをしているのだ。

シューホフは自分のパンをきれいに食べ終った。しかし、半円形になっている上っ側のかたいふちは、残しておいた。というのは飯皿の底の粥《カーシャ》をこするにはどんなスプーンよりもこのパンのふちがいいからだ。このパンのふちは昼飯のためにまた白いボロ切れでつつみ、防寒服の内ポケットにつっこんだ。そして酷寒《マローズ》にそなえて、防寒服の前をきつくあわせて、用意を終った。さあ、もう作業にかりだされても大丈夫だ。そりゃ、ぐずぐずしているに越したことはないけれど。

第三八班の連中はみこしをあげて、散っていった。あるものはコンクリート・ミキサーに、あるものは水汲《みずく》みに、またあるものは補強材をとりに。

ところが、こちらは班長のチューリンもやってこなければ、副班長のパウロも姿をみせない。第一〇四班が坐りこんでいられたのはせいぜい二十分たらずだったが、みんなにはそれが大きな幸福のような気がした。冬期の労働時間は短縮されて六時までになっていたが、もうその日没までいくらもないように思われるのだった。

「ああ、ここんところちっとも大吹雪《ブラーン》もねえなあ！」と、赤ら顔の肥ったラトビア人キルガスが溜《た》め息をついた。「ひと冬に、一度も吹かねえとはな。なんちゅう冬だ？」

「そうだなあ、大吹雪《ブラーン》、大吹雪《ブラーン》か……」と、ほかの班員たちも溜め息をくりかえした。

この地方に特有の大吹雪《ブラーン》が吹きだすと、作業中止になるのはもちろん、バラックの外へ一歩出るのも危険だった。バラックから食堂へいくにも、縄伝いでなければ、道に迷ってしまう始末だから。囚人が雪の中で凍え死ねば、むろん、犬の餌食《えじき》になるだけだ。でも、もし逃亡したら？　いや、そうしたケースも何度かあったのだ。大吹雪《ブラーン》のときの雪は、それはそれは細かい粉雪だが、ちょっとおさえつけるとすぐ雪堆りができてしまう。そこでこの雪堆りをつくって、張りめぐらされた鉄条網を乗りこえ、逃亡したのだ。むろん、そう遠くまではいけなかったが。

よく考えてみれば、大吹雪《ブラーン》で得《とく》することはなにもない。錠のおろされてしまったバラックに、石炭も思うにまかせず、寒さにふるえていなければならない。ラーゲルへの粉の輸送がとまり、パンがなくなる。するとてきめんに、食堂ではやりくりがつかなくなる。しかも大吹雪《ブラーン》がいく日吹きまくろうが、三日だろうが、一週間だろうが、その日はすべて休日とみなされて、その後は同じ日数だけ日曜日にも作業にかりだされるのだ。

それでもやっぱり、囚人たちは大吹雪《ブラーン》をよろこび、一吹きするのを待ちこがれている。風がすこしでも強く吹こうものなら、みんなはいっせいに空を仰いで、「キラキラしねえか、キラキラしねえか！」とさわぐ。

むろん、粉雪のことだ。

なぜなら地面の雪が舞うぐらいではとても本ものの大吹雪《ブラーン》にはならないからだ。もう早いところ三八班のペーチカへ忍びよっていった者があるが、たちまち、追いだされてしまった。

そのときやっとチューリンが中へ入ってきた。暗い顔をしている。班員たちは一瞬、これはなにか大急ぎの仕事だな、と悟った。

「それでは」と、チューリンはジロリと見渡した。「一〇四班は、全員ここにいるな?」

そういったきり、別に調べたり、数えたりもしない。大体、チューリンのもとからどこへ逃げられるというのか。そこですぐさま作業配置の命令を下した。先ず二人のエストニア人にクレフシンとゴプチックが、近くから大型の攪拌槽《かくはんそう》を暖発電へ運んでいくように命ぜられた。この命令でもう、きょうの作業は昨年の秋、建てかけて中断された暖発電現場だということが分った。あと二人は、もうパウロが工具を受領にいっている工具置場へやらされた。四人は暖発電の雪かきに出された。つまり、機械室のなかと入口、またタラップのところだ。あと二人は同じ機械室のペーチカ焚《た》きを命ぜられた。どこかで小板を失敬して薪《まき》をつくり、石炭に火をつけるのだ。橇《そり》でセメントを運ぶのが一人、水運びが二人、砂運びも二人、雪の中から砂を取りだして、ハンマーで叩《たた》き割るのが一人。

さて、こうして一応の分担がきまっても、班一番の腕きき、シューホフとキルガスはまだ分担がきまらなかった。すると、班長は二人をよんで、いった。

「さて、お若いの！（班長はこの二人より年上ではないが、いつも「お若いの」と呼びかけるのが口ぐせになっていた）昼から二階の壁にブロックをつむんだ。去年、第六班の連中が投げだしたところだ。が、今はそれよりさきに機械室をあたためなくちゃならん。何しろ、あそこには大きな窓があいてるからな。先ず、それをふさぐことが先決だ。そのためにはもっと人手をだしてもいいから、なんでふさいだらいいか、先ずそれを考えてくれ。あの機械室は攪拌場にも、暖房室にも使うんだからな。先ずあたためんことには、犬みたいに凍えちまうからな。分ったな？」

どうやら、まだなにか話したかったらしい。が、そのときゴプチックが駈《か》けつけてきた。仔豚《こぶた》のようにバラ色の肌をしたまだ十六ばかりの小僧ッ子だ。ほかの班の奴らが攪拌槽を渡してくれないので、取っくみあいのけんかになっている、と注進にやってきたのだ。そこでチューリンもすぐとびだしていった。

こんな酷寒《マローズ》の日に作業をはじめるのはそりゃ辛いことだが、でもそれはほんのはじめだけ。早くそれを克服してしまうことがかんじんだ。

シューホフとキルガスはお互いに顔を見あわせた。二人はこれまで一度ならずいっしょに仕事をし、お互いに相手を、大工として、また石工として尊敬しあっていた。

はだかの雪原で窓をふさぐ材料を手にいれるのは生易《なまやさ》しいことではなかった。ところが、キルガスはいった。

「ワーニャ（訳注　イワンの愛称）！　実はあっちの組立住宅のあるところに、ちょっとしたものがあるんだ。屋根ぶき用の厚紙で、一まきごっそりあるんだ。このおれがちょいと隠しといたんだが、ひとっ走りしてくるか？」

　キルガスはラトビア人だが、ロシア語は母国語と同じように喋《しゃべ》る。村のとなりに、ロシア正教の非改革派の部落があったので、小さいころから覚えたのだ。ラーゲル暮しはまだ二年だが、もうなんでも心得ている。歯をむくぐらいの覚悟がなくちゃ、なんにもできないことも。キルガスの名前もヨハン（訳注　ロシア語のイワンに当る）だったので、シューホフは彼のことをやはりワーニャとよんでいた。

　二人は屋根ぶき用の厚紙を取りにいくことにきめた。ただシューホフはそのまえに、自動車修理工場の建てかけの建物によって、自分のコテを取ってくる必要があった。石工にとって、コテが手になれた軽いものであるかどうかは非常な重大事だ。ところが、どこの現場でも、すべての工具は朝受領して晩にはかえすしきたりになっている。その翌日、どんな工具にぶつかるかは運次第というわけだ。しかし、シューホフはあるとき工具係の目をごまかして、具合のいいコテをぶんどっておいた。だから今では、晩になるとそれをかくしておいて、ブロック積みの日には、朝それを取りにいくのだ。もちろん、きょう第一〇四班が《社生団》へ追いたてられていたら、シューホフはまたコテなしでいなければならなかった。ところが、きょうは幸い、小石をどけ、すき間に指を突込んで、自分のコテを取りだすことができた。

シューホフとキルガスは自動車修理工場を出て、組立住宅の方へ歩いていった。吐く息がまっ白だ。太陽はもう昇っていたが、まるで霧につつまれたみたいに、輝きがなかった。いや、太陽の左右にオーロラの柱がたっているみたいだ。

「おい、オーロラの柱じゃねえか?」と、シューホフはキルガスにうなずいてみせた。

「オーロラの柱じゃ仕事のじゃまにはならねえもんな」と、キルガスは苦笑していった。

「あの柱から柱へ有刺鉄線でも張られねえかぎりはな。なあ、そうじゃねえか」

キルガスは冗談ぬきで話をしたためしがない。そのために班のだれからも好かれていた。とりわけラーゲルじゅうのラトビア人からとても頼りにされている。いや、事実、食糧事情の方もふつうだった。差入れの小包は月に二度、ラーゲルの住人とも思えぬ色艶《いろつや》をしている。それだから冗談もでるんだろう。

作業現場はだだっ広く、今はそこを横切っていかなければならない。途中で第八二班の連中にぶつかったが、きょうもまた穴掘りをやらされていた。その穴というのは小さくなければいけないのだ。縦横五十センチ、深さも五十センチ。ところが地面は夏でも石のようにかたいときている。まして今は酷寒《マローズ》でカチカチに凍てついていて、とても歯がたたない。つるはしで割ろうとしても、つるはしの方がすべってしまい、僅《わず》かに火花が散るだけだ。地面のほうはなんともない。連中はめいめい担当の穴の前に突立って、キョロキョロしているばかりだ。あたたまるところはなし、さりとてそこを離れるわけにもいかない。さあ、もう一度やってみるかと、つるはしを握る。あたたまるにはそれしか手がない。

シューホフはその中に顔見知りのビヤトカ(訳注　ウラルの一地方)人を見つけて、ちえをかしてやった。

「なあ、穴掘りや。めいめい穴の上で焚き火をやりゃいいじゃねえか。そうすりゃ、地面だって少しはゆるむぜ」

「命令がねえんだよ」と、ビヤトカ人は溜め息をついた。「それに、薪もねえしな」

「さがさなくちゃ」

と、キルガスがいきなり唾《つば》をはいた。

「なあ、ワーニャ、おエラ方でもちっとはおつむのある野郎なら、まさかこんな酷寒《マローズ》の日に、つるはしで地面を掘らせるわけはねえよ」

キルガスはそのあとも幾度かわけのわからない悪罵《あくば》を吐いて、ようやく口をつぐんだ。この酷寒《マローズ》じゃ、長いこと話もしていられない。二人はなおもどんどん歩いていき、組立住宅のパネルが雪をかぶっている辺りまで近づいた。

シューホフはキルガスといっしょに働くのが好きだ。ただ、彼にも一つ欠点がある。タバコを喫《す》わないことだ。だから、彼あての小包にはタバコが入っていない。

いや、さすがキルガスだけあって抜かりはない。二人で一枚二枚と板を持ちあげていくと、その下から屋根ぶき用の厚紙が一まき出てきた。

二人してひっぱりだした。今度はどうやって運ぶかだ? 望楼から見られたって——そりゃへいちゃらだ。見張兵の任務は囚人の逃亡を防ぐことなので、作業現場ではたとえパネルを残らず木っぱみじんに割ったところでへいちゃらだ。いや、ラーゲルの看守に出くわしても——これまたへいちゃらだ。看守のほうでも何かいいものはないかと探しまわっているんだから。それに囚人たちはだれでも、こんな組立住宅なんかには鼻もひっかけない。班長たちだって同じことだ。文句をつけるのは民間人の現場監督と、囚人の職長とのっぽのシクロパテンコの野郎だけだ。シクロパテンコももとはただの囚人だが、今じゃ組立住宅が囚人たちに荒されないように監視をする役目をもらっている。しかも、これがちゃんと作業割当てになっているのだ。いや、広いところへ出たら、他ならぬこのシクロパテンコにいちばん見つかる可能性がある。

「だからな、ワーニャ、横にして運んだらいかんよ」と、シューホフは思案した。「そうだ、立てたまま、抱きかかえるようにして、しずしず運ぼうじゃねえか。自分の体でかくすようにすりゃ、遠くからでも気がつくめえ」

シューホフはうまいことを思いついたもんだ。巻紙を運ぶのは確かに具合がわるい。そこで手でかつぐようにはせず、二人のあいだにもう一人だれか人間をはさんでいるようにして、歩きだした。いや、横からみれば、二人がくっつきあって歩いているようにしか見えない。

「でも、あとになって現場監督の奴《やつ》が窓に張ってあるのを見りゃ、どうせ勘づかれるな?」と、シューホフはつぶやいた。

「それがおれたちになんの関係がある?」と、キルガスはケロリとしていた。「暖発電へきたときにゃ、もうちゃんとこうなってたんですがね。なんなら、ひっぱがしますかって、いえばいいさ」

それもそうだ。

いや、それにしても、けちな手袋をはめているおかげで、指先がかじかんでしまって、もうまるっきりいうことをきかない。また、左の長靴も調子がわるい。肝じんなのは靴だ。手のほうは仕事をはじめりゃ、動くようになるさ。

雪原をずっと歩いていくと、工具置場から暖発電へのびている橇のあとに出た。きっと、まえにセメントを運んだときのものだろう。

暖発電は小高い丘の上にあり、丘のむこうでラーゲルの作業現場は終っている。もう長いこと暖発電には訪れる者もなかったので、そこへ通ずる道はみんなきれいに雪でおおわれていた。そこへはっきりと橇のあとが刻まれ、ま新しい小道と深い足あとができていた。仲間の者たちが通ったのだ。いや、もう暖発電のまわりでは木のシャベルで雪かきをしたり、自動車のために道をつくっている。

暖発電の昇降機が動いていりゃ、助かるんだが。でも、モーターが焼ききれてしまってから、どうも、修理した気配はない。とすれば、これはまた何から何までかついで二階へあげなければならんわけだ。モルタルも。ブロックも。

暖発電は、この二月あまり、まるで灰色の骸骨《がいこつ》よろしく、雪の中に見捨てられていた。そこへいま第一〇四班がやってきたわけだ。それにしても、これはいったいどんな連中だろう？　空《す》き腹をボロ縄でしめあげている面々。しかも、この酷寒《マローズ》だというのに、暖房はもちろん、火の気ひとつないのだから。それでも第一〇四班がやってきただけのことはある。とにかく、再び生命《いのち》がよみがえろうとしているのだから。

機械室へ入るところに、こわれた攪拌槽がひとつころがっていた。これはだいぶ痛んでいたので、とても無事には運べまいと思っていたが、やはりシューホフの思ったとおりだ。班長は一応怒鳴りつけてはいたものの、内心ではだれの罪でもないと思っているらしい。ちょうどそこへ、キルガスとシューホフが、例の屋根ぶき用の厚紙を二人のなかにはさんで、到着した。班長はすっかりごきげんになり、すぐさま配置がえを行なった。シューホフはうまく火が焚けるようにペーチカの煙突直し、キルガスは二人のエストニア人を使って問題の攪拌槽の修理、センカ・クレフシンは屋根紙をとめるために手斧《ちょうな》で長い平板づくり。というのは厚紙は窓の幅の半分しかなかったからだ。でも、板はどこから手にいれる？　暖房をするからといっても、現場監督は板切れひとつまわしてはくれない。班長はぐるりと辺りをみまわした。つづいて、みんなもぐるり。そうだ、残る手はただひとつ。二階へ通ずる階段に手すりがわりに打ちつけてある板を、二枚ばかり失敬すればいい。注意してのぼれば、まさか落ちることもあるまい。それ以外に手はないんだから。

十年もラーゲル暮しをしていれば、まともに働く馬鹿《ばか》があるものかと、思われるかも知れぬ。おれはごめんだぜ、といったきり、晩まで適当に時間をつぶして、夜はおれのもの、といった具合に。

ところが、そうは問屋がおろさない。いや、そのためにこそ班制度をあみだしたのだ。班は班でも、娑婆《しゃば》の工場なんかの、イワンやピョートルが別々に賃銀を貰《もら》う、あれとは大ちがいだ。ラーゲルの班というのは、おエラ方が囚人を督促しなくても、囚人同士で督促しあうようにする制度。つまり、全員に特別の報酬がでるか、さもなければくたばってしまうか、そのどっちかだ。おい、貴様、働かない気か？　貴様のおかげで、おれが空《す》き腹をかかえていていいのか？　とんでもねえ、気をつけろ、こん畜生！

特に、今のような場合には一刻も猶予《ゆうよ》がない。なにがなんでも、がむしゃらに馬力をかけるのだ。あと二時間のうちに、暖房をなんとかできなければ、みんなのたれ死にするばかりだ。

工具はもうパウロが持ってきていた。ただ、なにもかもごっちゃだ。ペーチカのパイプも何本かある。ブリキ職専門のやつは、むろん、なかったが、錠前工の使うハンマーと斧《おの》はそろっていた。なんとかなるだろう。

シューホフは先《ま》ず手袋をはめた両手をポンポンと叩いてから、パイプをつなぎ、つなぎ目をとめていく。それからまた両手を叩いては、またつなぎとめていく（コテはすぐ近くにかくしておいた。同じ班の者は仲間にはちがいないが、それでもすりかえられぬともかぎらない。キルガスにしても同じことだ）。

そのうちに、邪念はすべて頭の中から消えてしまった。シューホフはもう何も想《おも》いださず、何も気にしなかった。今はただもう、煙突の曲り目をうまくつなぎあわせ、煙のもらないようにと気を配るだけだった。ゴプチックは針金を探しにやらされた。窓の外で煙突をつるのに必要なのだ。

部屋の隅には、煉瓦《れんが》煙突のついた、低いペーチカがもうひとつ置いてある。その上には鉄板がのっていて、赤く焼けたところへ砂をのせれば、たちまち、氷がとけて乾燥するようになっている。このペーチカのほうはもう焚《た》きはじめていて、中佐とフェチュコーフがモッコで砂を運んでいた。モッコ運びには、頭はいらない。いや、わざわざそのために、班長は昔のおエラ方にこの仕事をまかしたのだ。フェチュコーフはなんでもどこかの役所で大したエラ物だったらしい。車を乗りまわしていたという。

フェチュコーフは中佐がはじめてやってきたころ、公然と敵意を示して、よくかみついていた。ところが、中佐に一度思いしらされてから、おとなしくなった。

もうペーチカのまわりには、砂運びの連中があたたまろうと人垣をつくっていたが、班長は一喝した。

「おい、貴様ら、はりとばされたいのか！　さっさと仕事を片づけてしまえ！」へばった犬には鞭《むち》が一番だ。酷寒《マローズ》もきびしいが、班長はもっときびしい。みんなはまた仕事に散っていった。

と、シューホフは、班長がそっとパウロにささやいたことを小耳にはさんだ。

「お前はここにのこってろ。しっかり気合いをいれろよ。おれはちょっくらパーセント計算の話をしてくるからな」

仕事そのものよりも、すべてはパーセント計算にかかっているのだ。頭のきれる班長とはパーセント計算をうまくやれる者のことだ。とにかく、これは食糧の配給と密接に結びついている。未完のものを完了としたり、割の悪い仕事を、少しでも割よくして貰うのだ。そのためには班長の頭がきれなければならない。ノルマ計算係との折合いも大切だ。つまり、この連中にも「つけ届け」がいるというわけだ。

いや、それにしても、一体、だれのためにこのノルマを超過遂行しなければならないのか？　それはラーゲルのためだ。というのは、ラーゲルはこうした建設工事で何千ルーブルという余計な荒稼ぎをして、配下の将校連に賞与をだしているのだ。例えば、あの悪名高いヴォルコヴォイの鞭手当もこれでまかなっているわけだ。そして、囚人たちにも、晩飯のパンが二百グラム割増しされるのだ。たかが二百グラムというなかれ。ここでは二百グラムのパンが生活を支配しているのだから。

水を二桶《おけ》運んできたが、途中ですっかり凍《い》てついてしまっていた。パウロが一計を案じて、水運びはとりやめにした。雪をとかした方が手取り早いというわけだ。桶はペーチカの上にのせられた。

ゴプチックが新品のアルミ線をどこからかかっぱらってきた。電線用のやつだ。そして得意そうに、

「イワン・デニーソヴィチ！　スプーンをつくるのにいい電線でしょ。スプーンの作り方を教えて下さいよ」

イワン・デニーソヴィチは、このいたずら小僧のゴプチックを可愛がっていた（自分の息子は小さいときに死んでしまい、いま家には大きな娘が二人いるのだ）。このゴプチックは森の中にかくれていたベンデル派の連中（訳注　ウクライナの民族主義グループ）へ牛乳を運んだかどで引っ張られたのだ。刑期も大人なみだった。まるで仔牛《こうし》のように可愛くて、だれにでも人懐《ひとなつ》っこかった。それでも、抜け目のないところはもう一人前で、差入れの小包がくると、自分ひとりじめにして、時には真夜中にモグモグやっている。

そりゃ、みんなにおごってやるわけにもいかないけれど……

電線はスプーンにする分だけ切断して、隅っこにかくした。それからシューホフは

二枚の板ぎれでハシゴをつくり、ゴプチックにのぼらせて、煙突を吊《つ》らせた。ゴプチックはリスのようにすばしこくハシゴをよじのぼり、釘《くぎ》をうって、電線の針金で煙突を吊るした。シューホフも手を休めずに、煙突の煙だしのところにもう一本パイプをつないだ。きょうは風もないが、あすは吹くかも知れない。だから、念には念をいれなければならぬ。とにかく、このペーチカは自分たちのためなのだから。

その間に、センカ・クレフシンはもう長い板を仕上げていた。そら、今度は小僧ッ子ゴプチックの仕事だ。と、見る間に、奴《やっこ》さんはもう上へのぼって、声をかけている。

太陽がさらに昇って、霧がはれ、オーロラもきえた。そして、赤っぽい陽ざしがさしこんできた。すると、ペーチカのほうもかっぱらった薪《まき》で火がついた。もういうことなしだ！

「一月のお天道《てんと》さんは仔牛の片腹をあためるだけさ！」と、シューホフがポツンといった。

キルガスは攪拌槽《かくはんそう》を修理してしまったが、なおも斧を手にしたまま、大きな声をはりあげている。

「なあ、パウロ、この手間賃として、班長から百ルーブルは貰うぜ。ビタ一文かけてもごめんだぜ！」

パウロはニヤニヤしている。

「まあ、百グラムってとこだな」

「検事さまがうめあわせをしてやるさ！」と、ゴプチックが上のほうから声をかける。

「おい、やめろ、やめろったら！」と、シューホフがどなりつける（屋根紙の切りかたがちがっているのだ）。

そういって、自分で切りかたを教えてやった。

ブリキ製のペーチカのそばへ、またみんなが忍びよってくる。それをパウロが追いちらす。キルガスは助手をもう一人ふやして貰って、モルタル用の桶をつくりにかかった。モルタルは二階へ運ばなければならないからだ。砂運びも二名増員された。二階へも、足場と土台の雪かきに人がだされた。それから、もう一名その場に残された。鉄板から乾燥した砂を攪拌槽へ移すためだ。

外からエンジンの音が聞えてきた。ブロックを積んだ車がのぼってきたのだ。と、パウロは外へとびだして、ブロックを下ろす場所を手を振って教えている。

屋根をふく紙が次々にはられていく。こんな紙で屋根がふけるだろうか？　どっちみちただの紙じゃないか！　それでも、どうやらぴったりした壁みたいになった。内部は前より暗くなり、ペーチカの火がいっそう赤くみえた。

アリョーシュカが石炭を運んできた。すると、さっさとくべろ！　いや、くべんでいい、薪だけで十分だ！　とまちまちの声がかかった。奴さんはどうしていいか分らず、突立っている。

フェチュコーフの奴《やつ》はペーチカのそばへ忍びよって、フェルト長靴を火の上へじかにかざしている。馬鹿な野郎だ。と、中佐が奴の襟首《えりくび》をつかんで、モッコの方へつきとばした。

「さあ、貴様、砂運びをするんだ！」

中佐ときたら、ラーゲルの作業を海上勤務と同一に心得ているらしい。やれといわれたからには、やるまでだ。中佐は最近の一月でひどくやつれた。しかし、手綱だけはしっかり持っている。

長い短いはあっても、とにかく三つの窓が屋根紙でふさがった。もう戸口からしかあかりは入ってこない。寒気も同じことだ。パウロは戸口の上半分をふさぐように命じた。下半分をあけておき、人間は頭をかがめて入ればいいのだ。そのとおりになった。

その間に三台のダンプカーがブロックを運んできて、下ろしていった。さて、今度は昇降機なしで、どうやって二階へ運びあげるかだ？

「さあ、石工さんや、ひとつ上の様子をみにいくか」と、パウロが声をかけた。

これは名誉な仕事だ。シューホフとキルガスはパウロといっしょに上へあがった。タラップはもともと狭いのに、センカが手すりをとってしまったので、壁ぎわにへばりついていかないと、落ちそうになる。なおまずいことに、タラップの横木に雪が凍てついていて、ツルツルしている。足をしっかりかけるところがなくて、どうしてモルタルをかつぎあげることができる？

三人はどこにブロックを積むのかとジロジロみてまわる。先にのぼっていた連中はもうシャベルで雪をかいている。そうだ、あそこだ。しかし、先ずまえに積んでおいたブロックの氷を斧でけずって、ほうきで掃きおとさなければならない。

さらに、ブロックをどこから運びあげるか思案した。下をのぞいてみて、断を下した。タラップをよじのぼるより、階下に四人配置して、ブロックを足場へほうらせ、そこの二人にまた上へ投げあげさせ、最後に二階にいる二人に運ばせるのだ。その方がよっぽど手早くいくだろう。

二階には、そう激しくはないが、やはり風が吹いている。ブロック積みのときは、冷えこむだろう。しかし、積みかけの壁に身をかくせば、大したことはあるまい。けっこう暖かいはずだ。

シューホフは空を仰いで、思わずおどろきの声を放った。すんだ空に、お天道《てんと》さんがもう中天たかく昇っていたからだ。これはふしぎ! 仕事をしているとあっという間に時間がたってしまう! いや、シューホフももういく度か気づいたことだが、ラーゲル暮しでは全く日数のたつのが早い。ところが、刑期そのものはいっこうに減らないときている。

三人が下へおりていくと、もうみんなはペーチカをかこんでいた。ただ中佐とフェチュコーフは砂運びをやっている。パウロはたちまちどなりつけて、八人をブロック運びに追っぱらい、二人をセメントまぜの仕事につけた。攪拌槽にセメントをいれ、水をいれずに砂とまぜるのだ。残りの二人は、それぞれ水運びと石炭運びにかりださ れた。キルガスも自分の助手に声をかけた。

「なあ、もうモッコ運びはけりをつけろよ」

「ちょっくら、手をかしてやるか?」と、シューホフは自分のほうからパウロに仕事をもらいにいく。

「ああ、たのむよ」と、パウロがうなずく。

そこへドラム罐が運ばれてきた。モルタル用の雪をとかすのだ。その連中にいわせると、もう十二時になるという。

「ああ、十二時にちげえねえ」と、シューホフもうなずいた。「もうお天道《てんと》さんが峠にかかってるからな」

「いや、峠にかかってりゃ」と、中佐が口をはさんだ。「もう十二時でなくて、一時ってわけだ」

「そりゃ、どうしてだね？」と、シューホフはびっくりした。「じいさまならだれでも知ってるこんだが、太陽は午《ひる》どきが一番高けえだよ」

「じいさんのときはそうだとも！」と、中佐はいいかえした。「でもな、お布令《ふれ》がでてからは、太陽が一番高くなるのは一時なのさ」（訳注　ソ連では一九三〇年から一年じゅう夏時間を採用している）

「一体、だれのお布令だね？」

「ソビエト政権のさ」

中佐はモッコをかついで出ていった。そこでシューホフも食ってかからなかった。でも、まさか太陽までが奴らのお布令に従うなんて？

それからしばらく、コッコツ、トントンやって、四つの桶をこしらえた。

「けっこう、けっこう。さあ、一休みして、あたたまるとするか」と、パウロは二人の石工にいった。「センカ、あんたも昼飯がすんだら、ブロック積みをたのむよ。まあ、坐《すわ》んなよ！」

そこで、四人はちゃんとお許しをえて、ペーチカを取りかこんだ。どっちみち昼飯まえにはブロックは積めない。モルタルを作るのもまずい。すぐ凍《い》てついてしまうから。

石炭が少しずつ赤くなってきて、次第に火力が出てきた。もっともペーチカのそばでしかそれは感じられない。部屋全体は、あいかわらず寒い。

四人は手袋を脱いで、ペーチカのそばへ手をかざした。

しかし、足は靴をはいたまま決して火に近づいてはいけない。これはぜひとも心得ていなければならない。それが編上靴なら、皮に割れめができるし、フェルト長靴なら、ジクジクしみてくる。湯気がたちのぼるだけで、ちっともあたたかくならない。そうかといって、もっと火のそばに近づければ、焼けこげができてしまう。そうなったら、春まで孔《あな》のあいた靴をはいていなければならない。かわりなんか、どうせ貰《もら》えないんだから。

「なあ、シューホフは気楽だな?」と、キルガスはいった。「だって、もう片足は家へかえったも同じじゃねえかよ」

「そうとも、そのはだしの方はな」と、だれかが相槌《あいづち》をうった。みんなは笑い声をたてた(シューホフは焼けこげのある左の靴を脱いで、脚絆《きゃはん》をあたためていた)。

「シューホフはもう刑期《おつとめ》が終りだからな」

キルガス自身は二十五年の刑期だった。かつてとても幸せな一時期があって、だれかれの別なく十年ときまっていた。ところが、四九年このかた、事情は一変し、今度はだれかれの別なく二十五年となった。十年なら、なんとかのたれ死にせずに、生きぬくこともできる。しかし、二十五年ではとてもむりだろう?!

シューホフも、みんなからお前はそろそろ刑期《おつとめ》が終りだなとはやされて、もちろん、悪い気持はしない。しかし、自分ではとてもそんなことは信じられなかった。現に、戦時中に刑期をつとめあげた者は、特別の命令がでるまで、つまり、四六年までそのままとめておかれたではないか。いや、もともと三年の刑期のところへ、五年も超過刑期を食った奴だっているのだ。法律なんて――裏がえしにだってできるんだ。いくら十年たっても、「あと一年」といわれるかも知れぬ。いや、流刑(訳注　シベリア、中央アジア地方に居住制限されること)にきりかえられぬとも限らない。

いくら刑期が終っても、腐れ縁はきれないのだ……そう思うと、時には息苦しくなることもある。ああ、神さま、自分の足で自由に歩けるようになれますか、え?

しかし、こんなことを口にだしていうのはラーゲルの先輩としてこけんにかかわる。だからシューホフはキルガスにむかって「なあ、二十五年、二十五年なんて数えるこたあねえよ。二十五年、はいってるか、はいってねえか、今はまだ雲をつかむような話さ。それよか、おれが八年つとめあげたってこと、こいつだけはまちげえねえ話よ」

つまり、足もとだけを見て暮せばいいんだ。そうすりゃ、おれはなんで引っ張られたのか、いつになったら出られるのか、なんて考えてるひまはない。

書類によると、シューホフの罪は祖国への裏切りということになっている。いや、彼はそう自白までしたのだ。つまり、自分は祖国を裏切るために、捕虜となり、ドイツ諜報部《ちょうほう》の任務を遂行して、帰還を許された者である、と。もっとも、それがどんな「任務」であったかは、シューホフ自身はもちろん、取調官も思いつかなかった。そのために、ただ「任務」ということになったのだ。

シューホフの計算は簡単だった。署名を拒めば、経かたびらをきせられる。署名すれば、少しは生きのびられる。だから、署名したのだ。

だが、真相はこうだった。一九四二年二月、彼の部隊は北西部戦線で敵によって包囲され、飛行機による糧秣《りょうまつ》補給もたえた。いや、飛行機そのものがなかったのだ。事態は斃《たお》れた馬の蹄《ひづめ》をはがして、その角質部を水でふやかして食べるほどにまで悪化した。もはや撃つべき弾薬《たま》もなかった。こうして兵士たちは森の中で小人数ずつドイツ軍に捕えられ、捕虜として連れていかれた。シューホフもそうしたグループのひとつで捕虜となったが、二日のちにはその同じ森の中で四人の仲間とともに脱走した。そしてしばらく森や沼地の中をさ迷ってから、奇跡的にも、友軍に出くわした。もっとも脱走した五人のうち二人の歩兵はその場で射殺され、もう一人は受けた傷のために死に、無事にたどりついたのは二人きりだった。ちょっと頭を働かせて、自分たちは森に迷ったのだといえば、なんともなかったであろう。ところが、二人は正直にも、ドイツ軍の捕虜だったといってしまった。捕虜だったたって？　なにをぬかす！　これが五人そろっていれば、辻《つじ》つまをあわせて、信用してもらえたかも知れない。しかし、二人ではどうにもならなかった。こん畜生、脱走したなんてうまいことをいいやがって、というわけだ。

耳の遠いセンカ・クレフシンにも脱走した云々《うんぬん》という話が聞えたらしく、大きな声で話しかけてきた。

「おれも三度、捕虜になってから脱走したけど、三度とも捕っちまったよ」

センカは我慢づよいたちで、いつも口数が少ない。人の話もきかなければ、自分からもめったに話の仲間いりをしない。だから、彼の経歴も殆《ほと》んど知られていない。知られていることといったら、彼がブッヘンワルド収容所に放りこまれて、そこの地下組織のメンバーとなり、暴動をおこすために武器を持ちこんだ、といったことぐらいである。そのとき彼はドイツ兵に後手にして吊《つる》され、こん棒でなぐられたという。「なあ、ワーニャ、お前は八年ぶちこまれてるそうだが、どんなラーゲルを廻ってたんだ?」と、キルガスはやりかえした。「それはお前、普通ラーゲルのことだろ、女の連中といっしょにな。番号札もつけてなかったろう。まあ、徒刑ラーゲルに八年も入っててみろ! まだ生きのびた奴はひとりもいねえんだぞ」

「女の連中といっしょだって! ばかいうな、女の連中じゃなくて、でくの棒だよ……」

つまり、丸太棒といっしょってわけだ。

シューホフはペーチカの火をじっと見つめていた。と、北方のラーゲルで過した七年の歳月が想《おも》いだされてきた。三年間は丸太や枕木《まくらぎ》運びをやっていたのだ。焚《た》き火の火はやはり今のように揺れていた。いや、あの伐採は昼間でなくて、真夜中だった。昼間の割当てが遂行できなかった班は夜まで森に残ること――これが当時のおエラ方の方針だった。

ようやく真夜中すぎにラーゲルへ帰り、翌朝はまた早くから森へ出動というわけだ。

「いいや、兄弟、ここのほうが、どうやら、おだやからしいぜ」と、彼はつぶやいた。

なし」

「ここじゃ、割当てを遂行しようがしまいが、とにかくラーゲルへ帰される。配給の保証だって百グラムは多い。ここなら、とにかく、生きていけるさ。特殊ラーゲルだかなんだか知らねえが、名前がなんだ。番号札だって軽くて、じゃまになるわけじゃなし」

「ほかよりおだやかだと！」と、フェチュコーフが高い声をだした（昼休みが近づき、みんながペーチカのまわりによってきた）。「寝床にいるところをいきなり殺《や》られたんだぜ！　これでもほかよりおだやかかよ！……」

「殺《や》られたのは人間じゃなくて、密告者《いぬ》じゃねえか！」パウロは指を一本突きたてて、フェチュコーフをおどかした。

いや、事実、ラーゲルの内部では何か新しい動きがはじまろうとしていた。二人の札つきの密告者が起床時に、ベッドの上で斬殺《ざんさつ》された。その後、さらにもうひとり、罪のない囚人がやられたが、これはどうやら寝場所をまちがえたせいらしい。それから密告者の一人は、自分からおエラ方へ申しでて監獄《プール》へ逃げこみ、独房の中でかくまってもらう始末だった。おかしなことだ……そんな連中は一般ラーゲルにはもちろん、ここにだっていなかったのだが……

不意に、移動発電所の汽笛が鳴りわたった。それはいっぺんに大声をはりあげず、先《ま》ずはじめに喉《のど》の調子をととのえようとするかのように、かすれた声でほえたてた。

正午だ――さあ、片づけろ！　昼休みだ！

ちぇッ、まごまごしてたもんだ！　もうとうの昔に食堂へいって、行列していなければいけなかったのに。作業現場には十一の班がきているが、食堂へは一度に二班以上は入れないのだ。

班長はまだ姿を見せない。パウロはチラッと素早く目を走らせて、命令を下した。

「シューホフとゴプチックは――おれといっしょに！　おい、キルガス！　あとでゴプチックを迎えにやったら、すぐ班全員を連れてくるように！」

ペーチカのまわりの彼らの席は、すぐに他の者に占領された。みんなはまるで女を抱えこむようにペーチカを取りまいて、ペーチカを独占しようと狙《ねら》っている。

「さあ、もう寝るのはやめようや！」と、みんなは叫ぶ。「タバコを喫《す》おうぜ！」

そして、一服つけるものはないかと、お互いににらめっこをする。しかし、火をつけるものはだれもいない。タバコがないのか、人に見せるのがいやで、かくしているのか。

シューホフはパウロといっしょに外へ出た。ゴプチックもうしろからウサギのようにとんでいく。

「ちっと、あたたかくなったな」と、シューホフはすぐ気がついた。「まあ、十八度。それぐらいのところだな。ブロック積みにはいい塩梅《あんばい》だ」

ブロックのほうへチラッと目を走らせると、もうかなりの数が足場の上へ投げあげてあった。いや、二階に運ばれているものもいくらかある。

シューホフは目を細めて、太陽の位置をたしかめてみた。中佐のいったお布令のことを思いだしたのだ！

しかし、風が吹きつのる外へ出ると、まだ肌がひきつり、つねられる感じだった。忘れちゃいけない。なんといってもまだ一月なのだ。

作業現場の食堂はちっぽけな掘立小屋で、ただペーチカのまわりに板をかこい、隙《すき》間《ま》風《かぜ》を防ぐために、錆《さび》ついたブリキ板を打ちつけた代物《しろもの》だ。小屋のなかは、仕切板で炊事場と食堂に分けている。もっとも炊事場のほうも食堂のほうも、どちらも床は張ってない。土間を足で踏みつけるので、ところどころに穴ができている。炊事場といっても角型のペーチカがあるきりで、そこに大きな鍋《なべ》がはめこまれていた。

この炊事場は、コックと衛生指導員の二人で管理されていた。毎朝、コックはラーゲルを出るとき、大きなラーゲルの炊事場から穀物を貰ってくるのだ。一人頭五十グラムだから、班あたり一キロ、作業現場ぜんたいとして一プード(訳注 約一六・四キロ)をちょっとかけるぐらいの量だ。コックは穀物袋を自分ではかつがず、三キロの道を自分でやとった当番にかつがせていくのだ。なにも自分の肩を痛めるよりは、囚人の分け前をピンはねして、自分で当番をやとった方がいいというわけだ。水や薪《まき》を運んだり、ペーチカをたいたりするのも、コックが自分でするわけではない。みんな一般の囚人を使うのだ。だれでも一食分余分に貰えば、よろこんでやるし、他人のものをけちけちする法もないわけだ。また、食事のときは食堂の外へ出てはいけないきまりになっていた。飯皿もラーゲルから持参するのだが(作業現場においておくと、夜中に民間人が持っていってしまうからだ)、その数は全部で五十個以下なので、すぐその場で洗って、どんどん廻さなければならない(飯皿の運搬者にもやはり一食分おまけがつく)。飯皿を食堂から持ちだされぬように、さらにもうひとり、当番が入口で見張っている。ところがこの当番がいくら見張っていても、その目をかすめたり、いいくるめたりして、結局、飯皿は持ちだされてしまう。そのために作業現場をまわる皿集め役が必要になってくる。見廻りをしてよごれた皿を集め、それらをまた炊事場に返却するのだ。もちろん、こうしたお役目にも一食分のおまけがつく。

コックがみずから手をくだすことといったら、穀物と塩を大きな鍋にいれ、肉の脂身《あぶらみ》のところを一般囚人用と自家用とに分けるぐらいのものだ(いい脂身は囚人の口には入らない。悪い脂身だけが大鍋に放りこまれる。このため囚人たちは倉庫から悪い脂身が配給されることをよろこんでいる)。それから、粥《カーシャ》をかきまわしたり、煮え加減をみるぐらいのものだ。ところが、衛生指導員となると、これっぽっちの用もないのだ。ただ坐《すわ》りこんで、じっと眺めているだけだ。そのくせ、粥《カーシャ》ができると、先ず第一に衛生指導員へ運んでいく。あとはもう腹の皮が突張るほど食い放題。それから今度は、コックが自分で食い放題。最後に、当番班長がやってきて——これは一日交替だが——囚人たちに食わせても大丈夫か吟味するといった風に、試食していく。この当番班長には二食分がふるまわれる。

それからやっと、汽笛がとどろく。班長たちが順番に窓口へやってきて、コックから飯皿を受けとる。もっとも粥《カーシャ》は飯皿の底をかくすぐらいしか盛ってない。しかし、とてもそんなことは口にだせない。いや、そんな文句でもいおうものなら、とんだ大目玉を食うのがおちというものだ。

一本の木立もない荒野の上を、風がひゅうひゅうと吹きあれている。夏はからからに乾ききった風、冬は肌身を刺す酷寒《マローズ》の風。この荒野には昔から一本の木立も生えたことはないのだ。まして、まわりを鉄条網にかこまれた今は尚更《なおさら》だ。パンがなるのはパン切り場、燕麦《えんばく》が実るのは糧秣庫と相場がきまっている。たとえ作業で背をまげて、腹ん這《ば》いになるほどでも、この大地はなにも食べ物を恵んではくれぬ。お上《かみ》がきめた分量以外には、パン一切れも貰《もら》えない。いや、そのきめられた分量ですら、コックのために、当番志願や事務手伝いの奴《やつ》らのためにへずられてしまうのだ。さらにまた、ここでもピンはね、ラーゲルでもピンはね、そのまえの倉庫でもピンはね、というわけだ。しかも、そんなピンはねをする連中に限って、自分ではツルハシ一本握らないのだ。しかし、かんじんの働く者はお上《かみ》のくれるものだけ貰って、さっさと窓口をはなれていくのだ。

ああ、世はまさに食うか食われるかだ。

パウロはシューホフとゴプチックを従えて食堂へ入っていった——なかは立錐《りっすい》の余地もないほど混んでいる。低いテーブルも長椅子《ながいす》も人の背で見えないほどだ。坐って食べている者もあるが、たいていは立ったままだ。火の気のないところで半日穴掘りをやっていた第八二班の連中が、汽笛がなると同時に、一番乗りで席を取った。だから今となっては、食べ終っても、出ていこうとしない。ここ以外に体をあたためる場所がないからだ。他の連中がわいわい怒鳴っているが、まるっきり知らん顔だ。いくら怒鳴られたって、酷寒《マローズ》の中にいるよりよっぽどましだからだ。

パウロとシューホフは人ごみを肘《ひじ》でかきわけて進んでいった。いい頃合にきたものだ。一つの班が受取っている最中で、あと順番を待っているのは別の一班だけ。いずれも窓口にたってるのは副班長だ。つまり、ほかの班はこれからというわけだ。

「皿だ！　皿だ！」と、コックが窓の奥から怒鳴る。と、すぐこちら側から戻される。シューホフも皿を集めて、差戻してやる。余分な粥《カーシャ》にありつくためでなく、ただ食事を早くするためだ。

そこの仕切板のむこうでは何人かの志願当番が飯皿を洗っている。これは、もちろん粥《カーシャ》のためだ。

パウロの前に並んでいた副班長が受取る番になった。と、パウロは頭ごしに声をかけた。

「おーい、ゴプチック！」

「はーい！」と、入口のところから返事がかえる。まるで仔山羊《こやぎ》のようなキンキンした声だ。

「班のみんなをよんでこい！」

少年はかけだしていく。

肝じんなことは、きょうの粥《カーシャ》がとびきり上等の燕麦粥《カーシャ》だということだ。そうめったにでないやつだ。ふだんはマガーラのやつが一日二回、そうでなければべとべとした穀粉粥《カーシャ》だ。燕麦粥《カーシャ》のときは、粒のところだけでなく、つゆのところでも腹がくちくなる。だから珍重されているのだ。

シューホフはいくら自分が若いころから馬に燕麦をやっていたとはいえ、その自分がたった一掴《つか》みの燕麦を夢にまで見ようとは、我ながら思ってもみなかったことだった。

「皿だ！　皿だ！」と、窓の奥から怒鳴っている。

第一〇四班の順番がまわってきた。先頭の副班長は、「班長なみの」二人前を飯皿に盛ってもらうと、窓口をはなれていった。

これは、もちろん、一般囚人の分をピンはねしたものだが、だれも文句はつけない。各班長にはそれだけくれるので、それを班長が自分で食べようが、副班長にやろうが自由なのだ。つまり、パウロはいまチューリン班長の分をもらったのだ。

さあ、シューホフは活躍をはじめる。先ず、テーブルの片すみに割り込み、内職志願の奴らを二人追っぱらい、一般囚人のひとりにはおだやかに頼みこんで、場所をあけてもらった。きっちり並べて、皿が十二個おければいいのだ。その上に六個つみあげ、またその上へ二個おくという寸法だ。さて、今度はパウロから飯皿を受けとらなければならない。いや、受けとる皿を勘定しなおしながら、ほかの班の奴らに飯皿をちょろまかされぬよう気を配っていなければならない。それに、肘をつかれて、飯皿をおとさぬ用心もしなければ。何しろ、すぐ横では長椅子から立ったり、坐ったり、食べたりしているのだから。ちゃんと境目をおぼえておくことも必要だ。あれは自分の皿を食べているのか、それとも侵害してきているのではないか、と確かめるために。

「二個！　四個！　六個！」と、コックは窓口のむこうで数えている。一度に両手で二個の皿を突きだすのだ。この方が数えやすいのだ。一個ずつだと、数えまちがえることがある。

「二個、四個、六個」と、パウロは小声で窓口の相手にむかって繰りかえす。そして一度に二皿ずつシューホフに手渡し、シューホフはそれをテーブルの上へのせる。シューホフは声にこそ出しては数えていないが、二人よりもよっぽど念入りに数えているのだ。

「八個、十個」

なんだってゴプチックのやつはみんなを連れてこんのだろう？

「十二個、十四個……」と、勘定はつづく。

そこで炊事場の飯皿が足りなくなった。シューホフがパウロの頭と肩ごしに見ていると、コックの二本の手が窓口へ二個の飯皿を突きだすと、そのまま考えごとでもするように動かなくなってしまった。きっと、うしろを振りむいて、皿洗いの連中を怒鳴りつけているのだろう。ところがそのとき、からになった飯皿を重ねたやつが窓口にさしだされた。と、コックは下になった皿から両手をはなし、からの皿のほうをうしろへ手渡した。

シューホフは、テーブルに積まれた自分の班の飯皿の山をそのままにして、片足で長椅子を乗りこえると、二個の皿を引きよせて、コックにというよりもパウロにむかって、小声で繰りかえした。

「十四個」

「待て！　どこへ持っていくんだ？」と、コックは一喝した。

「いや、それはうちの班のだ。うちの班のだ」と、パウロが助け舟をだした。

「貴様の班は班でも、勘定がまちがうじゃねえか！」

「十四個」と、パウロは肩をすくめて、繰りかえした。パウロは自分から飯皿をごまかす気はなかった。彼には副班長としての体面もある。だから、いってみれば、シューホフのかわりに、つい口をついていってしまったまでだ。いざというときには、シューホフの責任にすればいいのだ。

「もう『十四個』といったぞ！」と、コックはもの凄《すご》い剣幕だ。

「そりゃ、いうにはいったけど、くれなかったじゃねえか。両手で押えてて!」と、シューホフはやりかえした。「うそだと思ったら、ここで数えてみろよ! ほら、テーブルの上にみんなのってるぜ!」

シューホフはコックにそう怒鳴りかえしたが、そのとき早くも人混みをかきわけてきた二人のエストニア人に目をとめ、素早く二皿を歩きながら手渡した。それから、目もとまらぬ早業でテーブルに舞いもどり、皿数を当ってみた。全部あった。隣りの連中にやられる怖《おそ》れがあったのだ。何しろ、空巣になったのだから。

窓口にコックの赤ら顔がのぞいた。

「飯皿はどこだ?」と、コックはきびしく訊《たず》ねた。

「さあ、どうぞ。ここだよ!」と、シューホフは大声で答えた。「さあ、満腹のおっさん、ちょいとどいておくんな。かげになって見えねえからな」と、誰かをおしのけた。「そうら、いまの二皿だ!」シューホフは上に重ねてあった二皿をちょっと持ちあげてみせた。「さあ、下は四個ずつきっちり三列だ。数えてみな」

「もう班の奴らがきてるんじゃねえのか?」と、コックはなおも疑いぶかそうに、小さな窓からのぞいた。この窓が小さくしかあいてないのは、食堂のほうから、大鍋の中にどのくらい残っているか、のぞけないようにするためだった。

「いや、班の連中はまだだ」と、パウロは頭をふった。

「そんなら、なんで貴様は飯皿を受けとったりするんだ、班の奴らがいねえというのに?」と、コックはますます怒りをぶちまけてきた。

「あッ、きた、きた。うちの奴らだ!」と、シューホフが大声をあげた。

そのとき、だれの耳にも入口にいる中佐の叫び声がきこえた。まるで司令塔から命令を下すような大声だ。

「なんでごろごろしてるんだ? 食べ終ったら、さっさと出ていけ! ほかの奴らに場所をあけてやれ!」

コックはなおもブツブツいっていたが、やっと身をおこすと、また窓口に二本の手があらわれた。

「十六個、十八個……」

それから、最後の一皿に、二人前盛りあげると、

「二十三個、おわり。さあ、次の番!」

班の連中が人ごみをかき分けてやってくると、パウロはめいめいに飯皿をくばりはじめた。むこうのテーブルについた者には、坐っている連中の頭ごしに渡してやるのだ。

食堂の長椅子は夏の間だと五人ずつ坐れるのだが、今はみんな着ぶくれているので、四人掛けがやっとだった。それでもスプーンを動かすのは思うようにいかない。シューホフは例のごまかした二人前のうち少くとも一人前は自分のものになるとそろばんをはじいてから、先ず自分の正式の皿に手をかけた。彼は先ず右膝《みぎひざ》を腹の前にもちあげて、長靴の胴から《ウスチ＝イジマ一九四四》と刻まれたスプーンを取りだし、帽子を脱ぐと、左の腋《わき》の下にはさみ、スプーンで粥《カーシャ》をはじの方から崩していった。

さあ、これからは食べることにすべてを集中させなければならないひとときだ。皿の底に薄くのびている粥《カーシャ》を、きちんきちんとはがして口へいれ、舌の先でこねまわすのだ。ところが、きょうは急がなくてはならない。早いところパウロの目の前で食べ終って、彼からもう一杯どうか、と声をかけて貰わなくてはならないからだ。おまけに今はフェチュコーフの奴が頑張っている。奴はふたりのエストニア人といっしょにやってきて、二個の粥《カーシャ》をごまかしたことを素早く嗅《か》ぎつけると、パウロのまん前に陣取り、まだ行先のはっきりしない四人前をジロジロ眺めていた。奴はそう身構えながら、おれに一人前がむりなら、せめて半人前はよこせと、パウロに迫っているのだ。

しかし、肌の浅黒い、まだ若々しいパウロは、落着きはらって、自分の二人前の皿を食べていた。その顔色からは、となりに突立っている奴に気づいているのか、二人前余分にあまっていることを憶《おぼ》えているのか、どうにも読みとれない。

シューホフは粥《カーシャ》を食べ終えた。彼ははじめから二人前食べられるものと胃の腑《ふ》をあけておいたので、いつもなら満腹になるはずの燕麦粥だったのに、一向腹がくちくならなかった。シューホフは内ポケットへ手をいれ、白いボロ切れに包んだ、半円形の凍《い》てついてないパンの皮を取りだすと、それで皿の底やまわりの燕麦粥の残りかすをきれいに拭《ぬぐ》いとった。それがすこしたまると、パンの皮についた粥《カーシャ》を舌の先でなめ、さらにもう一度、きつく皿の底をこすりとった。とうとう皿は洗ったようにきれいになった。そりゃ、いくらか曇ってはいるが。彼は肩ごしに皿集めに皿を渡すと、なおもしばらく帽子を脱いだまま、その場に坐っていた。

飯皿をごまかしたのはシューホフだが、その所有権は副班長が持っているのだ。

パウロはややしばらく気をもませた揚句、ようやく自分の皿をたいらげた。しかし、皿はなめず、スプーンだけなめて、しまいこむと、十字をきった。それからまだ残っている四皿のうちの二つに軽く手をかけて――せまくて動かせなかったのだ――シューホフにくれる合図をした。

「イワン・デニーソヴィチ。一皿はお前さんの分、あとのひとつはツェーザリに届けてやってくれ」

シューホフも、事務所にいるツェーザリに一皿届けてやらなければと思っていた（ツェーザリは気位が高くて、ここでも、ラーゲルでも、自分のほうからは決して食堂へいかなかった）。いや、たしかにそう思っていた。しかし、パウロの手が一度に二つの皿にふれたときには、正直のところ、心臓がとまる思いだった――パウロは余分な二皿ともおれにくれる気かな？　と。が、すぐにまた心臓の鼓動はもとにもどった。

するとたちまち、シューホフは、ちゃんと自分のものになった皿の上にかがみこみ、さも意味ありげにゆっくり食べはじめた。もうあとからやってきた班の連中から背中をこづかれても平気だった。ただちょっとしゃくだったのは、もう一皿がフェチュコーフにまわりそうなことだ。フェチュコーフの奴《やつ》は厚かましくねだることにかけては一人前だが、ちょろまかすだけの勇気は持ちあわせていなかった。

……近くにブイノフスキイ中佐が坐《すわ》っていた。もうかなりまえに自分の粥《カーシャ》を食べ終えていたが、班に余分の皿があることも知らないので、副班長のところに幾皿のこっているかと、振りかえりもしなかった。ただちょっぴり体があたたまり、ぐったりしてしまったので、立ち上って酷寒《マローズ》の外へ出、ひんやりしたペーチカのそばへ帰る元気が出なかったのだ。彼は今や、たった五分前には自分で金切り声をあげて追っぱらった連中さながらに、不当に長く席を占めて、あとからきた連中に迷惑をかけていた。中佐は最近ラーゲルへきたばかりで、集団作業にも慣れてないのだ。今のようなひとときは、彼にとって（たとえそれを自覚しなくても）とりわけ貴重なものだった。というのは、このひとときの間だけ、彼は尊大な口をきく海軍士官から尻《しり》の重い小心な一四人に早変りするからだ。いや、ほかならぬこの尻の重さだけが、このさき二十五年の監獄暮しに耐えぬく力をつけてくれるのだから。

……彼はもう幾度も、席をあけろと、怒鳴られたり、背中をこづかれたりしていた。

パウロが声をかけた。

「中佐！　おい、中佐？」

ブイノフスキイは夢からさめたみたいに、はっとして、辺りを見まわした。

パウロは相手の意向もきかずに、黙って粥《カーシャ》の皿を中佐のほうへ押してよこした。

と、ブイノフスキイの眉《まゆ》はつりあがり、その眼はまるで不思議な奇跡でも眺めるように、じっと粥《カーシャ》に注がれた。

「さあ、食べなさい、食べなさい」と、パウロは相手の気持をやわらげ、一皿のこった班長の分の粥《カーシャ》を手にして、立ち去っていった。

……中佐のひび割れた唇にはばつの悪そうな微笑が浮んだ。かつてはヨーロッパをめぐり、北氷洋でまで活躍した中佐なのに、今や盛りの悪い、脂《あぶら》っ気のない、薄い燕麦粥《カーシャ》、いや、燕麦と水だけの粥《カーシャ》に、幸福を感じて、武者ぶりついているのだ。

……フェチュコーフはシューホフと中佐を憎らしそうに眺めてから、立ち去っていった。

シューホフは心の中で、中佐が貰《もら》えてよかった、と思っていた。時がたてば、中佐も生きる術《すべ》を学ぶだろう。しかし、今はまだそれを知らないのだ。

シューホフはもうひとつ、かすかな期待をもっていた。ツェーザリが自分の分をまわしてくれるかも知れない、と。しかし、それははかない望みだ。というのは、もう二週間も彼は差入れの小包を受取っていないからだ。

二皿目の粥《カーシャ》を食べ終えると、シューホフは例によってパンの皮で皿の底や横についている残りかすをこすりとり、先《ま》ずパンの皮についたところをなめ、次にはパンの皮まできれいに食べてしまった。それがすむと、冷めたくなったツェーザリの粥《カーシャ》を持って、出ていった。

「事務所へいくんだ!」といって、シューホフは皿の持出しを見張っている当番をつきのけた。

事務所は詰所にちかい丸太小屋だった。煙突からは、今も朝とかわらず、さかんに煙が立っていた。火の番は伝令の役もつとめている老人の当番で、作業量は時間で計算されていた。それに、事務所では木っぱや薪《まき》を惜しみなく使っている。

シューホフは外扉を音たてて開き、先ず控室へ入り、次に麻屑《あさくず》をつめたもうひとつの扉をあけた。そして、まっ白な蒸気のかたまりとともに、室内へ入り、あわてうしろの扉を閉めた（『おい、間抜け、さっさと閉めんか！』と、怒鳴られないように）。

事務所のなかは、まるで蒸風呂《むしぶろ》にでも入ったみたいな暑さだった。氷のとけた窓から見える太陽の輝きは、あの暖発電の二階でのように憎らしくなく、かえって陽気なくらいだ。その光のなかをツェーザリのパイプから幅広の煙の帯が流れていた。まるで教会の香の煙みたいだ。ぺーチカは赤々と、まるで透きとおるぐらい焼けていた。まるいや、こりゃ大したもんだ。煙突まで真っ赤になっている。

こんなあたたかいところなら、ちょっと腰をおろしただけで、すぐ眠りこんでしまうだろう。

事務所は二部屋あり、奥が現場監督の部屋で、扉のすき間から現場監督の声がとどろいてきた。

「わしらのところじゃ、賃銀フォンドも支出超過だし、建設資材も規定以上に使いすぎている。しかも、組立住宅用のパネルはいうに及ばず、貴重な板材を、君たちのところの囚人どもはどんどん薪にして、ペーチカにくべてる始末だ。それなのに君たちは見て見ぬふりをしている。セメントなんか、先日もひどい風の中を倉庫へ荷おろしをして、十メートルもの距離をモッコ運びさせたりしていたな。おかげで倉庫のまわりはくるぶしの深さまでセメントの海ができていた。囚人どもの黒いジャケツが帰りには真っ白になっていたぞ。どのくらいの損害になる?!」

どうやら、現場監督のところで会議をしているらしい。きっと、職長を集めてやっているのだろう。

こちらの部屋の、入口のそばには老人の当番が腰かけていて、暑さにぐったりしていた。そのむこうには「Б《べー》二一九番」のシクロパテンコが、長身の体をまげて、窓の外を大きな目でにらんでいた。組立住宅の資材がごまかされないように、今も見張っているわけだ。なあ、おっさん、屋根ぶき用の紙は失敬しといたぜ。

会計係が二人、これも囚人出身だが、ペーチカの上でパンを焼いている。焦《こ》げないように、針金で金網のようなものがとりつけてあった。

ツェーザリは机に坐って、足を投げだしながら、パイプをくゆらせていた。シューホフに背をむけていたので、まだ気づいていない。

ツェーザリの前には「X《ハー》一二三番」という二十年組のひとりが坐っている。筋ばった老人で、今は粥《カーシャ》を食べている。

「いや、ちがいますよ」と、ツェーザリは煙を吐きだしながら、いやにおだやかな調子で話していた。「客観的にみれば、エイゼンシュテインの天才は認めざるをえませんな。『イワン雷帝』――あれが天才的じゃないなんて？　あの親衛隊員の松明《たいまつ》をもった踊りはどうです！　あの寺院の場面！」

「いや、もったいぶってますよ！」と、「X《ハー》一二三番」はスプーンを口もとでとめて、憤然として反駁《はんばく》した。「あんなに芸術過剰じゃ、もう芸術とはいえませんな、日々の糧《かて》のかわりに胡椒《こしょう》と辛子ではね。それに、政治理念がまるっきりだめですな――あれじゃまるで独裁の弁護じゃありませんか。ロシア・インテリゲンツィアの三代にわたる記憶を愚弄《ぐろう》するものですよ！」（そういいながら、感覚の失われた口で粥《カーシャ》をすすっている。味も素っ気もあったものではない）

「でもああでも解釈しないかぎり、パスしなかったんじゃないですか？……」（訳注　検閲をさす）

「ほう、パスしなかったんじゃないか、だって?!　そんなことなら、天才という言葉は使ってもらいたくありませんな！　おべっか使いが、犬の役目を果した、ってわけですからな。天才というものは独裁者の趣味なんかで解釈をまげたりはしませんよ！」

「ごほん、ごほん」と、シューホフは咳払《せきばら》いした。高尚な会話を中絶するのも気がひけたが、いつまでも突立っているわけにいかないからだ。

ツェーザリはぐるりと向きなおって、粥《カーシャ》の皿へ片手をのばした。シューホフのほうは見むきもせずに——まるで粥《カーシャ》がひとりで宙をとんできたとでも思ってるらしい——自分の思いで一杯だった。

「しかしですね。芸術とは、なにをではなくて、いかに、じゃないですか」

X《ハー》一二三番はすぐ言葉尻をとらえて、テーブルの上を激しく掌《てのひら》で叩《たた》いた。

「そりゃちがう。あんたのいう『いかに』なんて真っ平ごめんだ。そんなもので私の感情は高められやしませんよ！」

シューホフは粥《カーシャ》を渡してからも、礼を失せぬ程度に、しばらくその場に突立っていた。ツェーザリが一服喫《す》わないかとすすめてくれるのを心待ちしていたのだ。ところが、ツェーザリはシューホフが自分の後ろにいることすら、すっかり忘れていた。

そこでシューホフは廻れ右をして、静かに立ち去っていった。

外の寒さは大したことない。大丈夫、この分ならきょうのブロック積みもどうにかなるだろう。

シューホフは小道を歩いていくうちに、雪の上に鋼製の手鋸《てのこ》の破片を見つけた。さしあたってそんなものを必要としていたわけではないが、いつなんどき必要になるかも分らない。拾いあげて、ズボンのポケットにおしこんだ。暖発電にかくしておけばいい。備えあるものは金持ちにまさる、というわけだ。

暖発電へ戻ると、何をおいても先ず隠しておいたコテを取りだし、腰にまいた縄にさしこんだ。それからすぐモルタル室へもぐりこんだ。

そこは外の太陽を見てきた目には、ひどく暗いように思われた。それに、外よりあたたかくもない。なんとなくしめっぽい感じだ。

みんなはシューホフがこしらえた円いペーチカのまわりと、砂を乾燥させているペーチカのそばにかたまっていた。砂からは湯気がたちのぼっている。そこに席のない連中は、モルタル槽のふちに腰かけている。班長はペーチカのすぐそばに陣取って、粥《カーシャ》を食べている。パウロは班長のためにペーチカの上で粥《カーシャ》をあたためておいたのだ。

みんなの間からガヤガヤと囁《ささや》き声がきこえる。見るからに陽気そうだ。イワン・デニーソヴィチの耳もとでもだれかが囁いてくれる――班長のパーセント計算がうまくいったのさ。班長はごきげんで戻ってきたよ。

それにしても、班長はどんな仕事を見つけたというのか。これはもう班長個人の頭の切れ加減にかかっていることだ。現に、きょうなどは半日なにをしていた？ なにもしていないじゃないか。ペーチカをとりつけたり、風除《かぜよ》けをつくったりする仕事は、作業と認めてくれない。それは自分たちのための仕事で、生産のためではないというわけだ。いや、それにしても作業伝票にはなにか書きこまなければならない。ひょっとすると、ツェーザリが班長の伝票に何かいろをつけたのかも知れない。班長はツェーザリをていねいに扱っている。わけがあってのことだろう。

『うまくいったのさ』とは、このさき五日間、配給が割増しになるという意味だ。もっとも五日間といっても、正味は五日でなくて四日間だ。というのは、ラーゲルでは五日に一度、おエラ方がピンはねをするため、班の成績いかんにかかわらず、ラーゲル全体を最低ノルマにまでひきさげるからだ。どんな班でもみんな平等に扱っているのだという建前らしいが、その実、こちらの腹を犠牲にして、しこたまもうけているのだ。まあ、それもいいだろう。四人の胃袋はどんなことにも耐えていけるのだから。きょうがギリギリの線なら、あしたはなんとかするまでだ。最低ノルマにひきさげられた日には、ラーゲル全員がこんな想《おも》いで眠りにつくのだ。

もっとも頭を冷やして考えてみれば、五日間働いて、四日しか食わしてくれない寸法なのだが……

と、さっきまでの囁き声がぴたりと止《や》んでしまった。タバコを持っている者が、こっそり喫いはじめたのだ。みんなは暗やみのなかで一団となって、じっと赤い火を見つめている。まるで大家族の一団のようだ。実際、班は家族同様だ。班長がペーチカのそばで二、三人を相手に話をしているのを、みんなは聴き耳をたてている。班長は決してむだ口はきかない。なにか話しはじめたからには、きっと、きげんがいいにちがいない。

班長のアンドレイ・プロコーフィエヴィチも、やはり帽子をかぶっては食事ができない口だった。帽子を脱ぐと、もう老人の頭があらわれる。みんなと同じように短く刈りこんであるが、ペーチカの弱い火あかりでさえ、薄色の髪の毛に、いく本も白髪がまじっているのが見える。

「……おれは大隊長の前でもガタガタ震えだす始末だったが、そのときの相手はなんと連隊長だ！　『赤軍兵チューリンは貴下の命により……』とおっぱじめると、相手は怖《おそ》ろしい眉の下からおれをじっとにらんで『名前はなんというか、父称は？』おれが答えると、今度は『生年は？』ときた。あれはたしか三〇年のことだったから、おれもまだ二十二歳の若僧だったわけだ。『では、勤務のほうはどうか、チューリン？』そこでおれは『はッ、勤労人民のためにはげんでおります！』とやった。するとどうだろう、連隊長はいきなり激昂《げっこう》して、両手でテーブルをドンと叩いて『なに、勤労人民のためにはげんでおる？　きさまの正体はなんだ、この犬め！』さすがのおれも頭にきたよ！……しかし、ここが我慢のしどころだと『軽機関銃の一級射手として、訓練および政治教育の両面において優秀な成績をあげ……』といいかけると、『なにが一級射手だ、この卑劣漢め、貴様の親父《おやじ》は富農《クラーク》じゃないか！　ほら、見ろ、カーメニから書類がきたぞ！　親父が富農《クラーク》のくせに、きさまは逃げだしやがって、もう二年も追われてる身じゃないか！』おれはまっ蒼《さお》になって、黙っていた。何しろ、ゆくえをくらますために、一年も家へ手紙をだしていなかったんだ。うちのもんが丈夫でいるかどうかも知らなかったし、うちのほうでもおれのことはなんにも知らないはずだった。『貴様、それでも良心をもってるのか？』相手は胸につけた四つ星の階級章をブルブルふるわせながら、食ってかかる。『よくも労農政権をあざむきやがったな！』おれはてっきり、ぶんなぐられると思った。でも、そうはしなかった。が、すぐその場で命令書に署名して、おれは六時間後には営門より放逐、とあいなった……外は十一月だったが、冬の軍衣をひっぱがされて、夏物をくれた。しかも、それはセコハンを通りこしたひどい代物《しろもの》で、半外套《はんがいとう》なんかつんつるてんだった。おれはすっかり**にきてたんで、なにもすぐ渡さずに、あとで送りかえしてもいいことを失念しちまってね……貰った証明書には情容赦もなく『富農《クラーク》の息子につき除隊せしめらる』と書きこみやがった。どこへ働きにいっても、この証明書がついてまわるわけだ。家まで汽車で四昼夜の距離だったが、只《ただ》の切符なんぞ、むろん、出しちゃくれない。食糧だって、一日分もくれねえ始末さ。最後に、昼飯だけ食わせてもらって、兵営から追いだされたってわけさ。

……話はとぶが、一九三八年（訳注　前年三七年とともに大粛清のあった年）にコトラス（訳注　北方アルハンゲリスク州の町）の中継ラーゲルで昔の小隊長に会ったよ。奴《やつこ》さんも十年くらってたがね。奴さんにきいた話じゃ、例の連隊長も、政治委員《コミサール》も、三七年に仲よく銃殺されちまったとか。もうプロレタリアだろうが、クラークだろうが、めちゃめちゃってわけさ。良心があるの、ないのもな……そこでおれは十字をきって、唱えたものさ『主よ、されど汝《なんじ》は天にいます。御心《みこころ》は大きけれど、その罰はきびしければなり』ってな」

二皿も粥《カーシャ》を食べたあとだったので、シューホフはどうにもタバコが喫いたくてたまらなかった。そこで、第七バラックのラトビア人から自家製タバコをコップに二杯買える見込みがあるから、それで返せばいいと判断して、漁師のエストニア人に小声で話しかけた。

「なあ、エイノ、あすまで一巻き分かしてくれよ。おれがだましたことあるかよ」

エイノはシューホフの目をじっと見つめてから、今度は兄弟分のエストニア人へゆっくりとその眼差《まなざ》しを移した。この二人はなんでも半分ずつだった。たとえタバコひとつまみでも、一人では処分しないのだ。しばらく互いに何やらブツブツいっていたが、やがてエイノはバラ色の縫とりのしてあるタバコ入れを取りだした。そのタバコ入れから工場製のタバコを一つまみつまみだすと、シューホフの掌の上へおき、ちょっと目分量してみて、もうすこしおまけしてくれた。きっちり一巻き分だ。決してそれ以上ということはない。

新聞紙はシューホフも持っていた。先《ま》ず紙をちぎって、一本巻きあげると、班長の足の間に転ってきた石炭のかけらをつまみあげて火をつけ、すーっと吸いこんだ！すーっと！　すると、まるで目まいにたものが体の隅々にまでゆきわたり、足の先や頭の上まで酔ったような気持になった。

もう彼が一服つけるかつけぬうちに、モルタル室のむこう隅から、みどり色の眼がランランと彼の目をじっと見つめていた。いわずと知れたフェチュコーフの奴《やつ》だ。ひとつ、この山犬に一服恵んでやるか。が、次の瞬間、シューホフはフェチュコーフがきょう何度も貰《もら》いタバコをしていたのを思いだした。いや、そんなことならセンカ・クレフシンに残してやったほうがましだ。彼は班長の話もきこえないのか、首をかしげて、火の前にしょんぼり坐《すわ》っている。

班長のあばた面《づら》がペーチカの火に照らされていた。まるで他人事でも話すように、容赦なくずけずけと話をしている。

「持っていたガラクタを手当り次第、ふつうの値段の四分の一で故買屋でさばき、その金でパンを二本、闇《やみ》で手にいれた。もう配給切符になっていたんだ。はじめは貨車にもぐっていくつもりだったが、ちょうどそのころ不正乗車を取りしまる怖ろしい法令がでた。それに切符ときたら、憶《おぼ》えてる奴もいるだろうが、いくら金を積んでも買えやしなかった。いや、金なんか問題じゃなくて、特殊な手帳とか出張証明書を持っていかないと、売ってくれなかった。ホームへだって入れなかった。入口には民警が突立っていたし、駅の両端の線路には絶えず警備兵がうろつきながら、警戒に当っていた。ひんやりした太陽が傾いて、水たまりには氷が張りだすというのに、おれには寝るところもないんだ？……そのうち、おれはやっとこつるつるの石壁をよじのぼり、パンを抱えたまま、ホームの便所へしけこんだ。そこでしばらくじっとしていたが、だれも追ってはこない。そこで兵隊の乗客みてえな顔をして、外へ出た。見ると、折よくウラジオストック——モスクワ間の列車が入っている。給湯所のまわりは大へんなさわぎだ。みんなてんでに薬罐をもって、なぐりあいになりそうだった。見ると、青いブラウスをきた娘がひとり、二リットル入りの薬罐を抱えて、うろうろしてるんだ。給湯所のそばにはとても怖くて近寄れないんだ。ちっちゃな足をした娘《こ》で、うっかり騒ぎにまきこまれたら、火傷《やけど》するか、踏みつぶされるかが落ちだ。そこでおれは『さあ、このパンを持ってな。お湯は今すぐくんでやるぜ！』ってわけさ。ところが、まだくんでる最中に、汽車が動きだすじゃねえか。娘はおれのパンをしっかり抱えて、どうしたものか分からずに、泣きだす始末。薬罐なんかもうよろこんでくれちまう気なんだ。『さあ、かけろ、かけろ、すぐに追いつくから！』と、おれは叫んで、娘のあとを追いかけた。やっと追いついて、片手で娘を乗せてやり、それからまた列車とかけっこだ！　そして、やっとおれもステップへ足をかけることができたのさ。車掌もおれの手を払いのけたり、胸倉を突くようなまねはしなかったよ。その列車にはほかにも兵隊が乗ってたから、おれをその一人とまちがえたんだな」

　シューホフはセンカの脇腹《わきばら》をこづいた。おい、一服つけろ、くよくよすんな。そういって、木のパイプごと相手に渡した。彼に喫われたって、別にどうということもない。このセンカは変り者で、まるで役者みたいだ。片方の手を胸に押しあてて、首でこっくりうなずいてみせる。いや、そんなことをいっても、奴さんはつんぼなんだから仕方がない！……

班長はなおも話をつづける。

「娘はみんなで六人いて、個室《クペー》に陣取っていた。レニングラードの女子学生で、実習からの帰り道。小さなテーブルの上にはいろんな可愛いものがちらばってたし、洋服掛けにはレインコートがぶらぶらしてた。いや、トランクもみんなカバーがかかっていた。まあ、一口にいってみりゃ、憂《う》き世の苦労も知らずに、順風に帆をあげてるってわけさ……おれたちはおしゃべりをしたり、冗談をいったり、いっしょにお茶をのんだりしていた。そのうちに、『で、あなたは何号車ですの？』ときた。おれはひとつ大きく溜《た》め息をついて、正直にいっちまったのさ。いやね、娘さん、あんた方の乗ってるのは生命《いのち》の車だけれど、おれのは死の車なんだよ、ってな……」

モルタル室のなかはひっそりしている。ペーチカの燃える音しかきこえない。

「娘っ子たちはびっくりして、溜め息をついたり、ひそひそ相談したりしていたが……結局のところ、おれにレインコートをかぶして、三段目のベッドにかくしてくれた。そして、ノヴォシビルスク（訳注　西部シベリアの都市）までだれにも見つからずに、たどりつけたってわけさ……話はとぶが、この娘っ子のひとりにはその後ペチョーラ河（訳注 北方アルハンゲリスク州の河）のそばで恩返しをしたよ。三十五年のキーロフ事件*の大量検挙でやられて、重労働ですっかりやつれはててるところを、裁縫工場へまわしてやったのさ」

（訳注 スターリンの右腕といわれていたキーロフが一九三四年末レニングラードで暗殺され、犯人追及のため大量検挙が行われた。しかし、現在ではこの暗殺自体がスターリンによる謀略ではなかったかと考えられている）

「もうモルタルをかきまわしますかね？」と、パウロは囁き声で班長にたずねた。

しかし、班長の耳にはきこえなかったらしい。

「夜になってから、おれは柵《さく》をとびこえて家へ帰ったんだが、その晩すぐ家を出ちまったのさ。ちっちゃな弟を連れてな。二人であったかい地方、フルンゼ（訳注 中央アジアの都市）までたどりついた。弟にもおれにも食うものはパン一切れもなかった。フルンゼでは浮浪人どもがアスファルトを大鍋《おおなべ》で煮ながら、ぐるりとそのまわりをかこんでいた。おれもそこへ坐りこんで、『なあ、兄弟！　おれのこの弟をひとつ仕込んでくれねえか。憂き世の荒波を渡っていけるようにな！』と頼んだ。連中は引きとってくれた。おれもあのとき奴らの仲間いりをすりゃよかったと今でも残念だよ……」

「それで、弟さんとはそれっきり会ったことないんですか？」と、中佐はたずねた。

チューリンは大きなあくびをした。

「ああ、一っぺんもねえな」それから、もうひとつあくびをして、いった。「さあ、みんな、くよくよするんじゃねえ！　暖発電でだって生きていかれるんだぞ。モルタルをまぜる連中は、さっさとはじめてくれ。なにも汽笛をまつこたあねえからな」

さあ、これがほんとの班というものだ。おエラ方の命令なら、たとえ作業時間でも、腰をあげないが、班長の命令とあれば、たとえ休憩時間でも、さっさと仕事にとりかかる。それというのも、班長がみんなを養っているからだ。それに、班長は決してむだ働きはさせない。

汽笛の合図でモルタルをまぜれば、石工の手があいてしまう。

シューホフはひとつ溜め息をついてから、立ちあがった。

「氷でもはがしにいくか」

彼は氷をくだくための手斧《ちような》とほうき、それにブロック積みのための石切りハンマー、水準器、細紐《ほそひも》、下鉛《さげなまり》など持っていった。

血色のいいキルガスはシューホフの顔をチラと見て、顔をしかめた。まだ班長の命令もでないのに、どうしたってことだ？　というわけだ。それもむりはない。班の割当食糧をなんでひねりだすかなんて話は、キルガスには縁がないからだ。この禿頭《はげあたま》には、配給のパンが二百グラムであろうと、それ以下であろうと一向に平気だった。何しろ、差入れの小包で悠々暮しているんだから。

それでも彼は腰をあげる。分かってはいるのだ。自分ひとりのために班の仕事をおくらせてはならない。

「ワーニャ、待てよ。おれもいくから！」そう呼びとめる。

いや、そうこなくちゃ、でぶちゃん。もっとも、これが自分の仕事なら、もうとっくに腰はあげてただろう。

（シューホフがいそいだのは、キルガスよりさきに下鉛を使いたかったからだ。下鉛は工具置場から一個しか持ってきてなかった。）

パウロが班長にたずねた。

「三人で積めますかな？　もう一人ださんでいいですか？　それとも、モルタルの方が手一杯かな？」

班長は眉《まゆ》をよせて、考えこんだ。

「もう一人はおれがやるよ、パウロ。お前はここでモルタルを見てくれ！　攪拌槽《かくはんそう》が大きいから、六人はいるだろう。そして二組に分けて、一方からは出来上ったモルタルをだし、もう一方で新しいのをまぜるようにするんだな。おれが手を休める暇のないように頼むぜ！」

「さて！」と、パウロは立ちあがった。若々しい元気いっぱいの若者だ。いや、まだラーゲルの色にも染まらず、ウクライナのガルーシキ（訳注　だんごの一種）で丸々肥った好青年だ。「あんたが自分でブロックを積むんなら、ぼくだってモルタルをまぜますよ！　頑張りがきくのはどっちか、やってみましょうや。一番でかいシャベルはどれだい？」

　さあ、これこそほんとの班というものだ！　パウロは森にかくれて狙撃《そげき》をしたり、敵地区に夜襲をかけたこともある――それがこんなところで働くようになったとは！　だが、班長のためなら、話は別だ！

　シューホフとキルガスは二階へ上っていった。あとからセンカも、タラップをきしませて上ってくる。つんぼなのに、見当をつけてきたのだ。

　二階のブロック壁はやっと積みはじめたばかりだった。ぐるりにまだ三段しか積んでなく、それ以上のところはなかった。こういう場所ならはかがいく。というのは膝《ひざ》から胸までの高さなら、足場がいらないからだ。

　いや、それにしても以前あった足場や三脚台は、みんな囚人たちに持ちさられていた。別の建物へ運んだものもあれば、そのまま燃やしてしまったものもある。なんとしてもほかの班の奴らには渡したくないという根性だ。ところが、いざ自分たちが働く番になると、明日にも三脚台をつくらなければならない。さもないと、作業に支障をきたすだろう。

暖発電の二階からは遠くが望まれた。雪におおわれた、人っ子ひとりいない荒涼たる構内も（囚人たちはどこかにかくれて、汽笛が鳴るまで、体をあたためているのだ）、黒々とした望楼も、有刺鉄線の張られた先のとがった杭《くい》も。太陽を背にすれば、有刺鉄線のとげまで見えた。が、まともに見ると、なにも見えない。太陽の光線がまぶしくて、目をあけていられないのだ。

また、あまり遠くないところに、移動発電所が見えた。いやはや、大へんな煙だ。空がまっ黒になっている！　間もなく、苦しそうに喘《あえ》いだ。汽笛を鳴らす前にはいつもこんな病的なかすれ声になるのだ。そう思う間もなく、本当に鳴りだした。大して早く仕事をはじめたわけでもない。

「おーい、スタハーノフの頑張り屋！　早いとこ下鉛をたのむぜ！」と、キルガスはせきたてた。

「なんだと？　きさまの壁はまだ氷だらけじゃないか！　晩までにはその氷をかけるのかよ？　まさかコテはだてに持ってきたんじゃあるめえな？」と、シューホフも相手をからかった。

二人は昼飯前に決められたとおり、それぞれ担当の壁に取りかかろうとした。が、そのとき、下から班長が声をかけた。

「おい、きいてくれ！　モルタルが凍るとまずいから、とにかく二人ずつ組んで、早いところやってしまおう。シューホフ、お前はクレフシンと組んで自分の壁をやるんだ。おれはキルガスと組む。今のところは取りあえず、おれの代りにゴプチックに氷を落してもらうからな」

シューホフとキルガスは目くばせした。全くその通りだ。そうすりゃ、もっとはかがいくだろう。

そう思いながら――二人は手斧を握りしめた。

もうシューホフは、太陽が雪原にキラキラ輝いている風景にも目をとめなかった。そこでは囚人たちが火の気のあるところを出て、あちこちへ散っていった。朝からかかってもまだ掘れない穴掘りにいく者も、鉄骨の鋲《びょう》うちにいく者も、修理工場の梁《はり》あげにいく者も見える。しかし、シューホフの目にはもう自分の担当している壁しかなかった。つまり、腰より少し高目に階段状に積まれた左隅から、キルガスの壁に接している右角までだ。彼は先ずセンカに氷をかき落す場所を教えてやり、それから自分でも手斧の峯と刃の部分を使いわけながら、勢いよく氷かきにかかった。氷の破片は四方八方へとびちり、顔にもかかった。彼は考えごとも忘れて、無我夢中で働いた。

いや、彼の頭と目はただもう、厚い氷層の下にかくれている、ブロックを二重に積まれた暖発電の正面外壁に集中されていた。まえにこの壁を積んだ石工がだれなのか知るよしもないが、とにかくなげやりな仕事ぶりだ。しかし、今やシューホフはそのやくざな壁を着々と直していった。さあ、この凹《へこ》みは一段でなおすのは無理だ。モルタルを厚目にしても三段はかかるだろう。なに、このくらい出張ったところは、二段もあればなんとかなるだろう。そしてシューホフの頭の中では、壁はもう二つに区切られていた——左隅からここまではおれの持ち場、ここから右へキルガスのところまではセンカの持ち場。きっと、あの隅っこのところでは、キルガスが見るにみかねてセンカに手をかしてくれるにちがいない。そうシューホフは考えた。キルガスにしたって、その方が楽になるというものだ。いや、二人が隅っこで手間取っているうちに、おれはこっちの壁を半分以上積めるだろう。まあ、おれたちはおくれをとることはあるまい。彼はブロックをどこへ、何個おくかまで研究していた。だから、ブロック運びの連中が二階へやってきたとき、彼はさっそくアリョーシュカに声をかけた。

「こっちへ持ってきてくれ！　ほら、そこへたのむぜ！　こっちへもな」

センカがまだ氷かきをやっているうちに、シューホフはもう針金ぼうきを手にとって、両手でしっかり握りしめ、手当り次第に上段ブロックをきれいにしていった。すっかりきれいに、とまではいかなかったが、それでも薄く霜がおりているぐらいにはなった。つぎ目のところは特別念をいれてやった。

班長も二階へのぼってきた。シューホフがまだほうきを手にしているうちに、班長はもう水準器を隅っこへ当てていた。いや、シューホフとキルガスの積んだ壁の隅々にはもうとっくに水準器を当ててあった。

「おーい！」と、パウロが下から叫んだ。「上の奴《やつ》はまだ生きてるか？　モルタルをやるぞ！」

シューホフはもう汗までかいた。細紐がまだ張ってなかったのだ。息がはずんできた。そうだ、細紐は一段二段でなく、一度に三段分張ってしまおう。すこし余裕をもたせておけばいい。センカの仕事をすこし楽にしてやるために、おれは外側の列を何個か積んでやり、そのかわり内側のほうを奴《やっこ》さんに積ませよう。

シューホフは細紐をブロックの上端に張りわたしながら、センカにむかって、どこにどう積めばいいのか、身ぶりをまじえて説明してやった。つんぼのセンカにも、どうやら、分ったらしい。彼は唇をかみ、班長の壁のほうを横目でにらんでいる。さあ、戦闘開始だ、おくれはとらんぞ！　そう笑顔でうなずいている。

はやくもタラップづたいにモルタルが運ばれてくる。四人が一組になって運んでいるのだ。班長はモルタル桶《おけ》をもうひとつ石工のそばにおくのをとりやめにした。その桶へ移しかえる間にカチカチに凍ってしまうからだ。そのかわり、運んできたモルタル桶をそのままそこにおいて、石工たちはそこからじかにすくって、壁にぬりつけることにした。その間も運んできた連中は、壁の上のモルタルが凍って使いものにならなくなるのを防ぐために、ブロック積みの手伝いをするのだ。一組の桶が空《から》になったら、間髪をいれず、次の組が下からのぼってきて、上の連中といれかわる。下へおりた組は運び桶をペーチカであたため、凍《い》てついたモルタルをとかし、その間に自分の体もあたためるのだ。

キルガスの壁とシューホフの壁に、二つの桶が一度に運ばれてきた。モルタルは酷寒《マローズ》の外気にふれて湯気をたてているが、もうあたたかみは殆《ほと》んど失《う》せている。コテでそれを壁になすりつけ、ちょっと一息いれようものなら、もうモルタルはカチカチに凍てついてしまう。もうそうなったら、ハンマーでぶち割る以外に手はない。コテではどうにもならない。いや、これはブロックの積み方にしても同じこと。ちょっとずれていても、そのまま凍てついてしまう。そうなったら、のこる手は手斧の峯でブロックをくだき、モルタルをけずりおとすだけだ。

しかし、シューホフはそんなへまはやらない。ブロックはどれひとつをとっても、みんな形が変っている。縁のかけたもの、ゆがんだもの、いや、とびだしたものもある。だが、シューホフは一目でその特徴をのみこんで、そのブロックがどんな具合に寝たがっているか見抜いてしまう。いや、壁のどの部分がそのブロックを待ちこがれているかまで、見破ってしまう。

シューホフは湯気のたっているモルタルをコテですくいながら、てきぱきと壁へなすりつけ、と同時に下段ブロックのつぎ目がどこかちゃんと頭にとめておく（そのつぎ目が上段ブロックのまん中にくればいいのだ）。彼はきっかりブロック一個分だけのモルタルをなすりつけていく。それからブロックの山から目ざす一個をえらびだす（といっても、慎重にえらびだす。へまをするとブロックの角で手袋をやぶく怖《おそ》れがある）。それからもう一度、コテでモルタルをならし、その上へブロックをペタン！とおく。と思ったら、たちまち、ブロックのむきをなおさなければならない。ちょっとでもまがっていれば、コテの柄で叩《たた》いてなおす。外側の壁が縦横どちらも、下鉛の線と同じく、垂直になっていなければならない。いや、そんなことをしているうちに、ブロックはもうコチコチに凍てついてしまっている。

さて、今度は、もしブロックの下からモルタルがはみだすようなことがあれば、コテの背で手早くそれをけずり、壁から払いおとさなければならない（夏ならその分を次の煉瓦《れんが》に使うこともできるが、今はそれどころの話ではない）。つぎにまた、下段ブロックのつぎ目をたしかめる。時にはそこに縁の欠けたブロックがあるからだ。そのときはモルタルを少し余分になすりつける。特に、片側が厚目になるように。ブロックの積み方にしても、ただ平らにおくのではなく、ちょっと傾斜をつけなければいけない。そうすれば自然に、となりのブロックとのあいだの余分なモルタルが押しだされてしまうからだ。さて、最後に片目をつぶって垂直と水平の線をたしかめる。もうモルタルはかたまっている。さあ、お次ぎの番だ！

仕事に油がのってきた。二段も積めば、前のときのでこぼこもなおって、仕事はさらに調子づいてくるだろう。しかしまだ、油断は禁物だ！

シューホフは外側の列をどんどんセンカのほうにむかって積んでいった。センカもむこうの隅で班長と別れて、ひとりでこちらへ進んでくる。

シューホフはモルタルの運び役に目くばせした。おい、モルタルだ、もっと近いとこにおいてくれ、たのむぜ！　仕事が調子づいてくれば鼻をかむ暇もない。

間もなくセンカと落ちあって、一つの桶からモルタルを使いはじめると、あッという間に底をついてしまった。

「モルタル、たのむぞォ！」と、シューホフは壁ごしにどなった。

「いまやるぞォ！」と、パウロが叫んだ。

一桶運ばれてきた。が、それもすぐ空になった。凍《い》てついてないところはほんのちょっぴりで、あとはみんな桶のふちにこびりついてしまっているのだ。さっさと、はがしてきやがれ！　いまに疥癬《かいせん》かきみてえになりやがって、上へのぼったとたんに、下へ降りなきゃならん羽目になるぞ。さっさといきやがれ！　さあ、お次ぎの番だ！

シューホフをはじめほかの石工たちも、もう酷寒《マローズ》を感じていなかった。何しろ、機敏な作業をしているので、たちまち、全身がほてってきて、ジャケツの下も、防寒服の下も、上下のシャツの下も、じっくりと汗ばんできた。しかし、連中は一刻も休むことなく、次々にブロックを積みあげていった。やがて、一時間もすると、再び全身がかっかっしてきて、ふきでた汗を乾かしてしまう。両の足も酷寒《マローズ》を感じなくなった。これは何よりありがたい。ほかは大したこともない。突きさすような風がいくらか吹いているが、ブロック積みの身にはこたえない。ひとりクレフシンだけが両足をバタバタ打ちあわせている。可哀そうに、サイズが四六もある大足なので、官給のフェルト長靴ではどれでもきついのだ。

　班長はしょっちゅう大声をあげている。『モルタルたのむぞォ！』シューホフも負けてはいない。『モルタルたのむぞォ！』力いっぱい働いている者は、まわりの者に対して、班長のような立場になるものだ。シューホフはどんなことがあってもむこうの組におくれはとりたくなかった。いや、今では肉親の兄弟でもモルタル運びにかりたてたい気持だった。

昼飯のあと、ブイノフスキイははじめフェチュコーフと組んでモルタル運びをやっていた。タラップは急だし、足もとが危ないので、はじめのうちは彼も調子がでなかった。そんな彼をシューホフは何度かかりたてた。

「おい、中佐、もうちっと早くたのむぜ。さあ、ブロックだ！」

中佐は運んでくるたびにだんだん機敏になってきたが、フェチュコーフは逆にのろのろさぼりはじめた。山犬の奴は軽くしようと、モッコをかしげて、モルタルをこぼしていく始末だ。

シューホフは一度、奴の背中にむかって怒鳴りつけてやった。

「やい、この悪党め！　てめえが支配人だったころは、労働者をしぼってただろうが？」

「班長！」と、中佐が叫んだ。「まともな人間と組ましてくれ！　こんな虫けら同様の奴と運ぶのはごめんだ！」

班長は配置がえをした。フェチュコーフはブロックを下から足場へあげる役を命ぜられた。しかも、何個あげたか勘定ができるように、ひとり別にされた。いっぽう、中佐の相棒にはアリョーシュカがなった。アリョーシュカはおとなしいので、つい相手はだれでも命令口調になってしまう。

「いいか、お若いの」と、中佐はハッパをかけた。「さあ、どんどん積むんだ」

アリョーシュカはおとなしく笑顔をみせる。

「もっと急がなくちゃいけないのなら、急ぎましょう。それでいいですね」

そういって、二人は下へ駈《か》けおりていった。

おとなしく働く人間は班の宝だ。

下にいるだれかに班長が大声で叫んでいる。ブロックを積んだトラックがもう一台、到着したのだ。半年のあいだ一台も来なかったのに、今度はどっと押しよせてくる。ブロックが運ばれてくるうちは、働かなければならない。何しろ、まだ第一日目だ。いずれそのうちに、来なくなるだろう。そうすれば張りきるわけにもいかない。

まだ班長は下へむかって、怒鳴りつけている。なにか昇降機のことをいってるらしい。シューホフも気になったが、とてもそんな暇がない。今は壁を平らにしているところだ。そこへ運び役が上ってきて、話してくれた。昇降機のモーターを修理するために、修理工と電気工事係の民間人の現場監督がやってきたというのだ。修理工は実際に手をくだし、現場監督はただそれを眺めているのだ。

これはちゃんと法にかなっている。ひとりが働き、ひとりが眺める、というのは。すぐにでも昇降機を修理してくれれば、ブロックもモルタルもそれで上げることができるのだが。

シューホフが三段目のブロックを積みかけていたとき（キルガスもまた三段目にかかっていた）もうひとりの監督、つまり、もうひとりのおエラ方がタラップをのぼってきた。建設係の「デール」である。モスクワっ子で、ある省に勤めていたという話だ。

シューホフはキルガスのすぐそばに立っていたので、デールのきたことを教えてやった。

「ちぇっ」と、キルガスは吐きすてるようにいった。「おれはおエラ方とはつきあわねえ主義さ。まあ、奴さんがタラップからすべり落ちでもしないかぎり、声なんかかけんでくれよ」

デールはこれから石工たちのうしろに突立って、監督するつもりなのだ。いや、シューホフもこうした監督には腹をすえかねていた。豚面《ぶたづら》めが、一人前の技師を気取りやがって！　いつだったか一度、自分で煉瓦の積み方をしてみせたことがあったが、シューホフはおかしくてたまらなかった。とにかく、技師気取りしてえなら、先《ま》ず自分の腕で家の一軒もたててからにして貰《もれ》えてえな。

テムゲニョヴォ村には石造の家はなく、農家は木造ばかりだ。小学校も、保護林から切りだした六サージェン（訳注 約十二・五メートル）もある丸太で建てたものだ。このラーゲルで石工が必要になったので、シューホフも、それではと石工になったにすぎない。二つも手に職をもっていれば、十の職もこなせるというものだ。

いや、どっこい、デールはころげ落ちなかった。ただ一度つまずいただけで、タラップを駈けのぼってきた。

「チューリン！」と、大声をはりあげて、目をむいた。「チューリンはどこだ？」

そのあとを追うようにして、シャベルをもったパウロが、タラップを駈けあがってきた。

デールの着ているジャケツも、ラーゲルのものだったが、新品で、こざっぱりしていた。帽子は皮製のすばらしい品だ。しかし、その帽子にも一般囚人と同様、ちゃんと番号がついていた――Б《べー》七三一番。

「なんです？」と、チューリンはコテを手にしたまま、彼のところへ近づいた。班長の帽子は横にかしいで、片目がみえない。

なにかただごとではないらしい。これはききのがすわけにはいかないが、桶のモルタルもまごまごしていれば凍ってしまう。そこでシューホフは相変らずブロックを積みながら、聴き耳をたてた。

「おい、貴様、どうしたっていうんだ?!」と、デールは唾《つば》をとばしながら、食ってかかった。「こりゃ営倉ぐらいじゃすまねえぞ。りっぱな刑事犯だ。チューリン、貴様は三度目の刑期延長だぞ!」

そこではじめてシューホフは事の次第をのみこんだ。チラッとキルガスのほうを見た。キルガスもわかったらしい。例の屋根紙だ! 窓に張ってあるのを見つけたのだ。

シューホフは自分のことなんか少しも心配しなかった。班長は部下を裏切るようなことはしないからだ。班長の身が心配なのだ。おれたちにとって、班長は実の親父《おやじ》にもひとしいが、奴《やつ》らにとっては将棋の駒《こま》みたいなもんだ。いや、現に、この種の事件で、班長は北方のラーゲルで刑期を延長されているのだ。

ああ、班長の顔がひきつるように歪《ゆが》んだ! 手のコテを足もとへたたきつけた! そして、デールへむかって、一歩踏みだした。デールはチラと後ろを振りかえった——と、パウロがシャベルを高くふりかざしている。

このシャベル! このシャベルもだてには持ってきたのではなかった……

つんぼのセンカさえ、事の次第をのみこんだらしい。やはり両手を腰にかまえ、近づいてきた。いや、森の精《レーシイ》そっくりの、頑丈な体つきだ。

デールは目をパチパチやりだした。臆病風《おくびょうかぜ》にとりつかれたのだ。逃げ道はないかと、探している。

班長はデールのほうに身をかがめ、えらく低い声でいった。しかし、上にいる者にははっきりききとれた。

「いいか、この毒虫め、貴様らが勝手に刑期をのばせた時代は、もう終ったんだ！やい、もう一言いってみろ、この人非人《にんぴにん》め、きょうが娑婆《しゃば》のみおさめになるぜ。ようく、おぼえとけ！」

班長は全身をふるわせていた。いや、どうにもふるえがとまらないらしい。

パウロも、その角張った顔をピタリとデールにむけて、にらみつけている。

「おい、みんな、なにをするんだ！」デールはまっ蒼《さお》になって、そういうと、タラップをはなれた。

班長はそれ以上なにもいわなかった。帽子をなおして、先のまがったコテを拾いあげると、自分の持ち場の壁へ歩きだした。

パウロもシャベルをもって、ゆっくりと下へおりていった。

とても、ゆっくりと……

デールにはその場に居残るのも、下へおりていくのも、どちらも怖ろしかった。そこで、キルガスのかげにかくれて、じっと突立っていた。

いっぽう、キルガスは相変らずブロックを積んでいる。まるで薬局で薬を調合しているといった感じだ。医者のような顔つきをして、ちっともあわてていない。デールに背をむけて、まるで知らん顔をしている。

デールは班長のそばへそっと近づいた。さっきまでの傲慢《ごうまん》さはどこへいったのか？

「チューリン、現場監督になんといったものだろうな？」

班長は振りかえりもしないで、積みつづけている。

「ああなっていた、といってくれ。きてみたら、ああなっていた、とな」

デールはもうしばらく突立っていた。今は殺《や》られる心配はないと見てとったのだろう。そっと前へ進みでて、両手をポケットへ突込んだ。

「おい、Ш《シチャー》八五四番」と、口の中でぶつぶついった。「モルタルをなぜそう薄くつけてるんだ？」

だれかにうっ憤をはらしたいのだ。だが、シューホフの積み方はゆがみもないし、つぎ目も申し分ない。だから、モルタルが薄い、というわけだ。

「じゃ、いいますがね」と、シューホフは舌たらずな、しかし皮肉たっぷりな調子でいった。「今どきモルタルを厚くぬったら、春になって暖発電はガタがきますぜ」

「貴様が石工なら、職長のいうことをきいてりゃいいんだ」と、デールは顔をしかめて、仏頂面をつくった。これが奴の癖なのだ。

いや、確かに、ところどころ薄いところもあった。もうすこし厚目のほうがいいかも知れぬ。しかし、そんなことはこんなひどい冬の現場でなくて、人間らしく働いているときの話だ。もうちっと人間さまを大事にしたらどうだ。ましてこちらは出来高払いの仕事をしているんだ。そりゃ、馬に念仏というやつなら、仕方がないがね！

やがて、デールはそっとタラップを下りていった。

「昇降機の修理はたのんだぜ！」と、班長はその後ろ姿にむかって叫んだ。「こちとらはロバじゃねえからな。この二階までブロックを手送りで運んでるんだぞ！」

「運び賃はだすさ」と、デールはタラップのところから答えたが、その声はひどくおとなしかった。

「『手押車』の率で？　とんでもねえ。あがれるものなら、いちど手押車でタラップを上ってもらいたいね。『モッコ運び』の率でなくちゃ、こまるぜ」

「そりゃ、おれはかまわねえさ。ただ、簿記係が『モッコ運び』とはしねえだろうな」

「簿記係だと！　うちの班じゃ全員が四人の石工にかかりきりで働いているんだぞ。いったい、どのくれえになるんだ？」

班長はそう大声で叫びながらも、一《い》っ時も手を休めずに、ブロックを積んでいる。

「モルタルだぞォ！」と、下へむかってどなる。

「モルタルだぞォ！」と、シューホフも同じ文句をくりかえす。三段目はもうきれいにそろったので、四段目にかかっているところだ。いや、紐《ひも》をもう一段張りなおさなければならないところだが、紐なしでもうまくいきそうだ。次の段は紐なしでやってみよう。

デールが体をちぢめて、現場を横切っていくのが見える。事務所へあたたまりにいくのだ。きっと、今ごろはむしゃくしゃしているだろう。いや、それにしても、思案するのにことかいて、チューリンみたいな古狼にかみついたとはどうかしている。こういう班長と仲良くしておけば、なにも苦労はないものを。作業で骨を折ることもないし、配給も特別だし、おまけに個室で暮しているんだ——これ以上なんの不足があるんだ？　なに、ちょっと威張りちらして、学のあるところを見せたかったのさ。

下からのぼってきた連中の話だと、電気工事係の現場監督は帰ってしまったそうだ。

いや、昇降機の修理はむりだといって、修理工も引揚げてしまったという。

つまり、またぞろ『ロバ』式に働け、というわけだ。

シューホフもずいぶんほうぼうの現場を歩いてきたが、満足な機械に出会ったためしがない。ひとりでにだめになっているか、囚人たちがこわすかのどちらかだ。木材コンベヤーをこわしたこともある。チェーンの下に丸太棒を突込んで、その上を思いきり押したのだ。一休みしようとしてのことだ。というのは、背中をのばすひまもないほど、次から次へと丸太運びをやらされていたからだ。

「ブロックだ！　さあ、ブロックを持ってこい！」と、班長は大声をあげて、カンカンになっている。ブロック運びの奴らは、なんでボサボサしてるんだ、すこしは気をつけろ。

「モルタルはどうするかって、パウロがきいてますぜ」と、下から声がかかった。

「もうすこしたのむ」

「箱に半分ほどありますがね！」

「じゃ、あと一箱だ！」

いや、全く大した張切りようだ！　もう五段目にかかっている。一段目を積んだときには腰をかがめていたのに、今じゃ、ごらん、もう胸すれすれの高さだ。さあ、あとはもう窓も扉もついてない、めくら壁がふたつ残っているだけじゃないか。ブロックも十分だし、さっさと片づけてしまおう。そりゃ、紐を張りなおしたほうがいいに決っているが、もうおそいというもんだ。

「八二班はもう工具をかえしにいったよ」と、ゴプチックが知らせた。

班長はチラッと少年の方を見た。

「自分の仕事をやってりゃいいんだ！　さあ、ブロックを持ってこい！」

シューホフはうしろを振りむいた。確かに、お天道《てんと》さんが沈みかけている。赤いもやに包まれたみたいに、灰色っぽく見える。それにしても、大したはかどりようだ。これ以上はとてもむりだ。今はもう五段目にかかっているのだから、この五段でうちきればいい。ちゃんと平らにするんだ。

運び役の連中は、まるで馬みたいに、息をきらしている。中佐は顔色まで蒼《あお》ざめてしまった。もう年なのだ。四十になるかならぬか、とにかくそのへんだ。

寒さがぐっと増してきた。両の手は働きづめだが、やくざな手袋のおかげで、指先がズキズキ痛んできた。左の長靴にも寒気が忍びこんできた。シューホフはバタ、バタと足ぶみをした。バタ、バタ……

もう壁にむかって身をかがめなくてもよくなった。もっともブロックを取るときに、いちいち背中をまげなくてはならない。それから、モルタルをすくうときも。

「おい、みんな、みんな！」と、シューホフはたのんでみた。「このブロックを上へあげてくれねえか？　なあ、壁の上にあげてくれよ！」

中佐はよろこんで上げてやりたいところだが、もう力つきていた。なれない仕事のせいだ。ところが、アリョーシュカは、

「よしきた、イワン・デニーソヴィチ。どこへ積むのか——いって下さいよ」

このアリョーシュカは、なにを頼んでも、いやといったためしがない。もしこの世の人間がみんなこうだったら、シューホフだってそうなったにちがいない。人が助けを求めているのに、助けないわけにいくものか？　たしかに、バプテスト信者のこの考えは正しい。

広い作業現場全域に、この暖発電まで、レールを叩《たた》く音がはっきり聞えてきた。作業おわりだ！　モルタルがあまってしまった。ちぇッ、すこし頑張りすぎたか！……

「さあ、モルタルをよこせ、モルタルをよこせ！」と、班長が怒鳴っている。

下ではちょうど一箱新しくまぜたところだった！　もうこうなったら、ブロックを積むよりほかに道はない。箱の中に少しでもモルタルが残っていれば、あすになったらカチカチに凍《い》てついてしまい、箱ごとぶち割らなければならない。つるはしでやっ

ても ビクともしない。

「さあ、兄弟、そうしょげるなってことよ！」と、シューホフは声をかけた。

キルガスはむかっ腹をたてている。彼は《総員甲板へ集合！》はきらいなほうだ。

ところが、その彼までがえらく張切ってしまっているのだ！

下からパウロが駈《か》けあがってきた。モッコをかついで、手にはコテを握っている。彼もブロックを積むのだ。これで石工は五人。

あとはただ、二つの壁のつぎ目をうまくやればいいのだ！　シューホフはつぎ目にはどんなブロックを積んだらいいか、あらかじめ見当をつけておいてから、アリョーシュカにハンマーを渡した。

「さあ、ちょっくら、ここんとこを削ってくれよ！」

せいては事を仕損じる。今や、みんなはスピードにばかり気をとられているが、シューホフはかえって悠々と、壁の積み具合を吟味している。センカを左の方へ押しやって、自分は一番肝じんな右角にとりくんだ。今ここで一方の壁が突きだしたり、あるいは角がまがったりしたら、万事休す、だ。あしたは半日むだ骨をおらなければならない。

「待て！」と、シューホフはパウロを押しのけておいて、自分でブロックを積みなおした。それから、むこうの角からすかして見る。センカの積んだところがちょっとへこんでいるみたいだ。すぐセンカのところへ駈けよって、ブロック二個を動かして、なおした。

中佐は桶をかついできたが、まるで去勢馬そっくりだ。

「さあ、あと二桶だ」と、どなっていく。

中佐は今にもよろめきそうだが、よくもちこたえている。シューホフの家にも、こんな去勢馬がいたことがあった。なにくれと世話をやいてやったのに、結局は、参ってしまい、皮をはぐ羽目になった。

太陽はもうその上端まですっかり地平線にかくれてしまった。もうゴプチックが注進に及ぶまでもなく、だれの目にも一目瞭然《りょうぜん》だった。ほかの班はどこも工具を返却してしまったばかりか、みんなぞろぞろと詰所へむかっていた。（鐘が鳴ってすぐ外へとびだす者はいない。外へわざわざ凍えにいく馬鹿《ばか》はいないからだ。だれでもみんな暖房のあるところに坐《すわ》っている。しかし、班長連が申しあわせてある時間がくると、みんなはいっせいにとびだしていく。いや、こんな申しあわせでもなかった日には、囚人という扱いにくい連中はお互いに他の奴《やつ》より少しでもあたたまっていようと、それこそ真夜中まで暖房のあるところにかじりついていないともかぎらない。）

班長もやっとこれは少し遅れすぎたと気がついたようだ。この分では工具係からいつもの十倍はしぼられるだろう。

「おーい」と、彼は叫んだ。「モルタルなんぞけちけちするなよ！　さあ、運び役の連中は下へいって、大きいモルタル箱をかっさらって、残ってる分は外の穴ぼこへほうりこむんだ。あとから上に雪をかけて、見えねえようにな。それからパウロ、貴様は工具を集めたら、二人に持たせて、返してきてくれ。コテ三本はあとからゴプチックにとどけさせる。とにかく、この最後の二杯分は片づけなくちゃ」

みんなは持ち場へ散っていった。シューホフのハンマーも取りあげられ、紐もまかれてしまった。ブロックを運んでいた者も積んでいた者も、みんな下のモルタル室へ下りていった。上にいてももうする仕事がないからだ。上には三人の石工——キルガス、クレフシン、それにシューホフが残った。班長がやってきて、どのくらい積んだか、見てまわる。ご満悦だ。

「調子よく積めたな、え？　半日しかなかったのに。おまけに昇降機もないときている」

シューホフが見ると、キルガスの桶にはいくらかモルタルが残っている。ちょっと残念な気もするが、これ以上遅くなって、班長が工具係からとっちめられてもまずいだろう。

「おい、みんな」と、シューホフは一計を案じた。「コテをみんなゴプチックに渡してこいよ。おれのは員数外だから、返さんでいいのさ。あとは引きうけたぜ」

班長は笑顔になって、

「こりゃ、貴様を娑婆《しゃば》へかえすわけにはいかんな。貴様がいなくなったら、この別荘暮しも、やってけんわ」

シューホフも笑顔になって、ブロックを積みつづける。

キルガスはコテを運んでいった。センカはシューホフにブロックを手渡してやる。キルガスの残したモルタルは、こちらの桶へあけかえた。

ゴプチックはパウロに追いつこうと、作業現場を工具置場のほうへ、一目散に駆けだしていった。第一〇四班の連中も、班長を残したまま、ぞろぞろと歩いていった。そりゃ、班長もこわいが、護送兵はもっとずっとこわい存在だ。遅れた者はチェックされて、営倉へぶちこまれる。

詰所のまわりはすごく人だかりがしてきた。みんなが集ってきたからだ。どうやら、護送兵も出てきて、人員の点呼がはじまったらしい。(門を出ていくときには二度勘定することになっている。すなわち、門を閉めたままで一度。これは門を開けてもいいか確かめるわけだ。さらにもう一度、開けた門を出ていくところを勘定するのだ。そして、ちょっとでも変だと思えば、門を出たところでまた勘定する仕組になっている。)

「こん畜生ッ、このモルタル野郎め!」と、班長はジリジリしながら、手をふった。「もう壁のそとへほうりだしちまえ!」

「班長、さきへいってくれ! さあ、お前さんはむこうで必要なんだから!」(シューホフはいつも班長のことを、アンドレイ・プロコーフィエヴィチと丁寧に父称をつけて呼んでいた。ところが今は仕事の上で班長と対等の立場にたっていた。いや、なにも『おれはいま班長と対等の立場にいるんだ』などと正面きって思ったわけではなく、ついそんな気がしたまでだ。) そして、タラップを大股《おおまた》でおりていく班長のうしろ姿へ冗談をとばした。「一日がこんなに短くちゃ、ほんとにかなわねえよ。仕事にかかったと思ったら、もうおわりときちゃね!」

シューホフはつんぼのセンカと二人きりになった。つんぼ相手ではろくな話もできない。いや、センカには口をきくまでもなかった。とてものみこみが早いので口をかける手間がはぶける。

モルタルをペタン! ブロックをペタン! ぐっと一押しして、まっすぐかどうか、確かめる。モルタル。ブロック。モルタル。ブロック……

たしか、班長も命令していたはずだ――モルタルなんかけちけちしないで、さっさと壁のそとへうっちゃって、引揚げてこい、と。ところが、シューホフは馬鹿っ正直というのか、そうはできなかった。八年のラーゲル暮しでも、この性格ばかりはなおらなかった。たとえそれがどんな小さな物でも仕事でも、みすみす無駄になるのは見るにしのびないのだ。

モルタル！　ブロック！　モルタル！　ブロック！

「畜生っ、やっと終ったか！」と、センカが叫んだ。「さあ、いこう！」

モッコをかつぐと、タラップをおりていった。

しかし、シューホフは、たとえいま護送兵に犬をけしかけられたとしても、ちょっとうしろへさがって、仕事の出来ばえを一目眺めずにはいられなかった。うむ、悪くない。今度は壁へ近づいて、右から左からと、壁の線をたしかめる。さあ、この片目が、水準器だ！　ぴったりだ！　まだこの腕も老ぼれちゃいないな。

そこではじめて、タラップをかけおりた。

センカはモルタル室をとびだして、もう丘をめざしてすっとんでいく。

「さあ、早く、早く！」と、振りかえりながら、叫んでいる。

「先にいってろ、すぐいくから！」と、シューホフは手を振ってやる。

そうしておいて、自分はモルタル室へとってかえした。コテをただそこらにおっぽりだしていくわけにはいかない。ひょっとすると、あす、シューホフは作業にでないかも知れない。いや、班全体が《社生団》へ追いたてられるかも知れない。それにまた、もう半年はここにやってこないかも知れない。だからといって、このコテをおっぽりだしていいものか？　とんでもない、やっとこ手にいれたものじゃないか！

モルタル室のペーチカはどれもみんな火が消えていた。まっ暗だ。急に、ぞッとしてきた。いや、なにもまっ暗だから、ぞッとしたのではない。みんなはもういってしまった。詰所では自分ひとりが足りないとわかる。きっと、護送兵に気合をいれられるだろう。そう思って、ぞッとしたのだ。

それでも彼は、暗闇《くらやみ》のなかにあちこち目をこらし、やっと室の片隅にかなり大きな石を見つけた。その石を持ちあげて、その下へコテをかくし、また石をかぶせた。さあ、これでいい！

今度は一刻も早くセンカに追いつかなければならない。センカは百歩ほど駈けていったところで待っていた。クレフシンはどんな辛《つら》いときでも仲間を見捨てない。責任をとるなら、いっしょにとろう、というわけだ。

二人は並んで駈けていった——小男と大男が。センカは頭ひとつ半だけシューホフより大きかった。しかも、その頭の大きいことといったら！

この世の中には、競技場でみずからすすんで他人と競走をする閑人《ひまじん》もいる。いや、そんな奴らには、一日たっぷり働いてから、背中をのばすひまもなく、ぬれた手袋をはめ、はきくずれたフェルト長靴で、この寒風の中を走って貰《もら》いたいもんだ。

二人は、まるで狂犬のように、息ぎれがしてきた。ハアハア！　ハアハア！　と、しか聞えない。

やあ、班長が詰所にいる。きっと、弁解してくれてるんだ。

二人はまっすぐ人垣の中へ突込んでいく。怖《おそ》ろしいのだ。

何百という口から一度に罵声《ばせい》がとんだ。おふくろに、おやじに、口に、鼻に、あばら骨に。しかし、もうたとえ五百人が目をむいたところで、屁《へ》でもない！

しかし問題は——護送兵の出方だ。

ところが、それもなんともなかった。いや、班長も、ちゃんとしんがりに並んでいる。きっと、自分の罪にして、弁解してくれたんだろう。

だが、一般の連中は悪態をついたり、罵声を浴びせたりする！　あまりものすごいので、つんぼのセンカの耳にも、かなり聞えるらしい。彼は思いきり息を吸いこむと、見上げるばかりの高さから、怒鳴りかえした！　いつもは黙りこくっているのに、これはまたものすごい大声だ！　拳骨《げんこつ》をふりかざして、今にも躍りかからんばかりだ。と、急にみんなはピタリと黙ってしまった。だれかが笑いだした。

「やい、一〇四班の連中！　奴《やつこ》さんはつんぼじゃねえじゃねえか？」と、わめきたてる。「おらがためしてみたらな」

みんながどっと笑った。護送兵まで笑った。

「五列縦隊！」

しかし、門はまだ開けてない。連中はまだ自信がないのだ。群集を門のところから押しかえした。（みんなはまるで馬鹿みたいに、門にへばりついていた。そうしていれば少しは早く出られるとでも思っているのだ。）

「五列縦隊！　一列！　二列！　三列！……」

呼ばれた五人は、数メートル前進する。

シューホフははずむ息を抑えて、うしろを振りかえった。と、赤味をおびた月がしかめ面《つら》をしながら、もう空に顔をだしていた。どうやら、ちょっとかけはじめたところらしい。きのうはこの時刻にもっとずっと高く昇っていた。

万事がうまく運んだので、シューホフは浮きうきした気分になっていた。中佐の脇《わき》腹《ばら》を突ついて、話しかけた。

「なあ、中佐、あんたの学問じゃ、古くなった月はどこへいっちまうんだね？」

「どこへだって？　こりゃ、ひどい！　ただ見えなくなるだけさ」

シューホフは首をふりながら、ニヤニヤ笑っている。

「見えなくなるっていうのに、どうしてお前さんにはそれがあるってことがわかるんだね？」

「すると、お前さんの考えじゃ、毎月新しい月が出るってわけだな？」と、中佐はあきれてしまった。

「おい、なにをそんなにびっくりしてるんだ？　人間なんざ毎日のように生れてるじゃねえか。だから月だって四週間に一ぺんぐれえ生れたっていいじゃねえか？」

「ちぇッ！」と、中佐は唾《つば》を吐いた。「水兵にだってこんな間抜けは一人もいなかったぞ！　それじゃ、古い月は一体どこへいっちまうんだ？」

「だから、おれがきいてるんじゃねえか――どこへいくんだと？」と、シューホフは歯をみせて笑った。

「なあ、どこへいくんだ？」

シューホフはそこで溜《た》め息をつくと、いくらか舌足らずの調子で、きりだした。

「おれの村じゃな、古くなった月は神さまが星にしちまうんだといってるがね」

「こりゃ、ひどい。野蛮人もいいところだな！」と、中佐はニヤリとした。「まさに前代未聞《みもん》だ！　ところでシューホフ、貴様は神を信じているのか？」

「でなくて、どうするんだ？」と、シューホフはびっくりした顔をみせた。「雷さまのゴロゴロを聞いちゃ、信じねえわけにいかねえさ！」

「それじゃ、なぜ神はそんなことをするんだ？」

「そんなことって？」

「なぜ月を星にしちまうんだ？」

「ちぇッ、わからねえ奴《やつ》だな！」と、シューホフは肩をすくめた。「星はな、時がたつと落っこちるじゃねえか。それで埋めあわせが必要なのさ」

「こらッ、前をむけ……」と、護送兵が怒鳴った。「さっさと整列しろ！」

もう彼らのところまで勘定の番がきた。四百番台の十二列目の五人が前へ進んで、ブイノフスキイとシューホフの二人がうしろに残った。

護送兵たちは疑いぶかそうに、勘定板のまわりで相談している。やっぱり、足りないのだ！　また定員不足なのだ。勘定のやり方ぐらいおぼえて貰いたいもんだ！

勘定の方は四百六十二人だが、実際には、四百六十三人いなければならないというわけだ。

再び全員が門から逆もどり。(みんなは門のそばにまたへばりついていた。)

「五列縦隊に整列! 一列! 二列!」

こうした勘定のやり直しは、もうお上《かみ》の時間ではなく、囚人たちの私用の時間に食いこんでくるので、とりわけ忌々《いまいま》しかった。いや、これからもラーゲルまで吹きさらしの道を歩いたうえ、ラーゲルの前で身体検査の順番を待たねばならないのだ! 各作業隊はもう駈《か》け足になって、一刻も早く身体検査を受けようと、互いに他の隊をだしぬこうと努めるのだった。早く検査をすませば、もちろん、それだけ早くラーゲルへしけこめるわけだ。いや、ラーゲルへ一番乗りした作業隊は、その晩、大名気分でいられるというものだ。何しろ、食堂では待つ必要もないし、差入れ小包の受領も一番なら、倉庫の出し入れも一番。いや、個人炊事場へいくのも、手紙を書きに文化教育部へいくのも、その手紙を検閲へだすのも、はては医務室、床屋、風呂《ふろ》、どこへいっても一番というわけだ。

いや、護送兵たちにしても、一刻も早くおれたちを追いたてて、ラーゲルの自分たちの寝倉へかえりたいところだろう。兵隊じゃ暮しも楽じゃない。仕事は多いが、時間は少ない。

ところが今、勘定があわないとくる。最後の五人が前へ進んだとき、シューホフは一瞬、一番うしろに三人残ったような気がした。が、それは間違いで、やはり二人だった。人員点検係は勘定板を持って護送隊長のところへとんでいく。相談が終ると、護送隊長が大声で怒鳴った。

「第一〇四班の班長！」

チューリンが半歩前へ出た。

「はいッ」

「貴様の班ではだれも暖発電に残らなかったか？　考えてみろ」

「おりません」

「考えてみろ、首がとぶぞ！」

「いいえ、確かであります」

が、そう答えると同時に、パウロのほうをチラと見た。――まさかモルタル室で寝こんだ奴はいないだろうな？

「班ごとに整列！」と、護送隊長が号令をかけた。

それまでは手当り次第に五列を組んでいたのだ。だから今度は押しあいへしあいの騒ぎになった。てんでに号令がかかった。『七六班――集れ！』、『一三班！　こっちだぞ！』『三二班！』

そして、一〇四班の連中は一番うしろにいたので、そのままうしろに集合した。シューホフはすぐ班の者がみんな空手でいるのに気がついた。木っ端《こば》ひとつ拾ってこなかったとは、よくもまあ馬鹿《ばか》正直に働いたものだ。もっとも、二人だけは小さな束を抱えている。

この「いたずら」は毎日繰りかえされている。つまり、作業終了前に囚人たちは木っ端や棒切れや屑板《くずいた》などを拾い集めて、ボロ切れや荒縄でしばり、持ちかえろうとするのだ。第一の関所は、詰所のそばに現場監督か職長のだれかが立っているかどうか。立っていれば、すぐさまみんな棄《す》てていけと命令される。（連中はもう何百万という無駄使いをしているので、せめて木っ端で埋めあわせしようという根性だろう。）しかし、囚人たちにはちゃんと別の計算がある。たとえ各班がほんの小さな棒切れでも持ってかえれば、バラックはぐっと暖かくなるのだ。さもないと、バラックのペーチカひとつ当りに一日五キロの屑炭しか配給されないので、とても暖かくなるどころのさわぎではない。だから、みんなは棒切れを折ったり、短く挽《ひ》いたりして、ジャケツの下へ忍ばせていくのだ。これなら、現場監督も見逃してしまうからだ。

いっぽう護送兵のほうは、作業現場にいるかぎり、決して薪《まき》を棄てろとは命令しない。連中も薪は欲しいのだが、自分では運んでいけないからだ。これは軍服の手前というよりか、いつでもおれたちを撃てるように、両手で自動小銃を構えているからだ。そこでラーゲルの近くへきてから、護送兵は命令をだすことにしている。『この列からこの列まで薪をここにおけ』しかし、そのまきあげ方は神妙なものだ。ちゃんとラーゲルの看守の分も、おれたち囚人の分も残しておく。いや、そうでもなければ薪運びをする馬鹿もなくなるというものだ。

まあ、そんなわけで、囚人はだれも毎日のように薪を運んでいる。うまく持ちかえれるか、まきあげられるか、だれにも分らない。

シューホフが、せめて木っ端のひとつも足もとに落ちてないかと目をキョロキョロしている間に、班長はもう全員の点検を終って、護送隊長へ報告した。

「第一〇四班。全員異状ありません！」

そこへツェーザリも、事務所の連中と別れて、自分の班のほうへ歩いてきた。くわえたパイプを吸うたびに、赤い火がパッと燃えあがる。黒い口ひげはいちめんに霜におおわれていた。近づきながら、

「中佐、調子はどうです？」と、声をかけた。

ぬくぬくあたたまっている者に、凍えている者の気持なんか分りゃしないのだ。なんと空々しい質問だろう——「調子はどうです？」なんて。

「どうですって？」と、中佐は肩をすくめた。「ごらんの通り、働きづめで、背中をのばす暇もありゃしない」

おい、ちっとは察して、一服喫《す》わせてやったらいいじゃないか。

やっと、ツェーザリはタバコをすすめる。彼は班の中でこの中佐としかつきあっていない。あとのだれとも腹を割って話さない。

「三二班が一名足りんぞ！　三二班だ！」と、みんなは口々にさわぎだす。

三二班の副班長ともうひとり若者が、自動車修理工場のほうへとびだしていった。探しにいくのだ。人垣のなかではてんでに、だれだ？　なんのために？　と取沙汰《とりざた》している。間もなくシューホフのところまで、色の黒い小柄なモルダビア人がいない、と伝ってきた。さて、モルダビア人といっても、どんな奴だったかな？　ははあ、あのルーマニアのスパイ、それも本もののスパイとかいっていた、あのモルダビア人かな？

スパイと名のつく者は、各班に五人はいた。しかし、それらは大抵でっちあげの、偽《にせ》ものだった。書類の上ではスパイということになっているが、その実、ただの捕虜だった。シューホフもそうしたスパイの一人だった。

しかし、このモルダビア人は、本もののスパイだ。

護送隊長は名簿をのぞいたとたん、さっと顔色をかえた。スパイが逃亡したとなったら、護送隊長の責任も重大である。

しかし、待たされている群衆たちはシューホフも含めて、憤激の極に達していた。まったくとんでもねえ野郎だ。やい、まむしの、くたばり損いの、恥っさらしの、ろくでなしめ！　もう空は暗くなり、月あかりに変っている。いや、もう星も出はじめて、夜の酷寒《マローズ》がいちだんと冷えこんできた。それなのに、あん畜生ときたらどこにいるんだ！　え、まだ働き足りないのか、間抜け野郎！　日の出から日の入りまで、十一時間と決ったお上《かみ》の時間じゃ足りねえっていうのか？　なあに、あわてるない。今すぐ検事さんがおまけをくれらあ！

シューホフにも、鐘の音にも気づかずに働いていられる人間がいるなんて、不思議でならなかった。

いや、シューホフは、ついさっきまで自分がやはりそうやって働いていたことを、詰所へ集るのが早すぎるといって不満だったことを、もうけろりと忘れていた。今や、彼はみんなといっしょに凍え、みんなといっしょに憤激していた。あと三十分もこのモルダビア人がみんなを待たせようものなら、そして護送兵たちが群衆にその処分をまかせたら、たぶん、彼は狼《おおかみ》の群に投げこまれた仔牛《こうし》のように、瞬《また》く間に八ツ裂きにされてしまうだろう。

いや、酷寒《マローズ》もいよいよそのきびしさをましてきた！　もうだれも突立ったりはしてはいない。その場で足ぶみをしているか、前後に二歩ふみだしたり、さがったりしている。

みんなは取沙汰をはじめた。あのモルダビア人の奴、うまく逃げられるだろうか？　まあ、昼のうちに逃走できたのなら話は別だが、どこかに隠れていて、見張りが望楼から下りるのを待っているのだったら、むりな話だ。もし鉄条網の下に逃走した足跡がなく、三昼夜、作業現場でも見つからぬ場合は、その三昼夜のあいだずっと望楼には見張りがたつことになる。これは一週間つづいても、同じことだ。これはもう、ひとつの規則のようなもので、古くからの囚人ならだれでも知っている。大体、だれか逃亡者がでると、護送兵たちはろくに食事もできず、不眠不休で駆りたてられ、へとへとに参ってしまうのがふつうだった。そうしているうちに時にはカッとなってしまい、逃亡者を発見しても、生かしたまま連れてこないこともある。

ツェーザリは中佐と議論している。

「例えばですね、あの鼻眼鏡が艦の索具にぶらさがったとき。え、おぼえてますか？」

「うむ、そうですな……」と、中佐はタバコをふかしている。

「でなければ、あの階段のところの乳母車――下へどんどんころがっていく」

「なるほど……でも、あそこに描かれている海軍生活はいくぶん人形芝居じみてますな」

「いや、われわれのほうこそ現代の撮影技術に甘やかされてるんですよ……」

「それに、あの肉にわいたウジ虫も、まるでミミズみたいに這《は》ってましたな。あんなウジ虫がいてたまりますか？」

「でも、あれより小さくちゃ、映画にうつせないんですよ！」

「ねえ、今あの肉をこのラーゲルへ持ってきたらどうですかね、いつもの魚のかわりに。そして、洗いも、こすりとりもしないで、鍋《なべ》へぶちこんだら、どうですかね。はたしてぼくらは……」

（訳注　この会話はエイゼンシュテインの映画「戦艦ポチョームキン」をめぐって交わされている。ウジ虫のわいた肉は戦艦ポチョームキンの暴動においで直接原因となった）

「わあ、わあ、わあ！」と、囚人たちは咆《ほ》えたてた。「おーい、おーい、おーい！」

見ると、自動車修理工場から、三つの人影がとびだしてくるではないか。つまり、モルダビア人もいっしょなのだ。

「おーい、おーい、おーい！」門のそばにいた群衆がわめきたてた。

やがて、人影が近づいてくると、今度は罵声《ばせい》に変った。

「ペスト菌！　悪党！　ごろつき！　さかり犬！　破廉恥漢《はれんちかん》！　土左衛門！」

シューホフもやっぱり怒鳴った。

「ペスト菌！」

いや、冗談じゃない。五百人もの人間を三十分以上も待たしたのだ！

モルダビア人は、首をすくめて、まるで小ネズミのように走ってくる。

「待て！」と、護送兵は怒鳴って、手帳を取りだした。「K《カー》四六〇番。今までどこにいた？」

そういいながら、相手に近づいていき、カービン銃の床尾をぐるぐるまわしている。

群衆の中からなおも罵声がとぶ。

「ならず者！　へど野郎！　卑劣漢！」

が、他の連中は、軍曹がカービン銃の床尾をぐるぐるまわしはじめたとたん、ぴたりと黙ってしまった。

モルダビア人は黙りこくったまま、首をたれて、護送兵からあとじさりしている。

三二班の副班長が前へとびだした。

「この野郎は壁塗りの足場に這いずりあがって、おれの目をかくれて、ぬくぬくとあたたまりながら、寝こんじまったんだ」

そういうと、首すじに一発、拳骨《げんこつ》を食わせた。つづいて、背中にも一発！

いや、副班長はそうなぐりながら、部下を護送兵から突きはなしたのだ。

モルダビア人はよろよろとあとじさりした。と、今度は同じ三二班のハンガリー人がとびだしてきて、足でその尻《しり》をけった。いや、もうひとつ、その尻を足でけった。

いや、これは貴様がスパイだったからじゃない。スパイなら、馬鹿だってできる。スパイにはさっぱりした、陽気な暮しがある。だが、徒刑ラーゲルで十年間も重労働をやってみろ！

護送兵はカービン銃をさげた。

と、今度は護送隊長が怒鳴った。

「門からさがれッ！　五列縦隊に整列！」

さあ、犬め、また勘定しなおしかよ！　なあ、もう一度しなくったって、はっきりしてるじゃねえか！　囚人たちはぶうぶういいだした。みんなの憤激はモルダビア人から護送兵たちへ移ってしまった。ぶうぶういいながら、なかなか門をはなれようとしない。

「どうしたんだあ?」と、護送隊長はさらに大声を張りあげた。「雪の上に坐《すわ》りたいのか? ようし、今すぐ坐らせてやる。朝までそのままにしてやるぞ!」奴《やつ》には坐らせることぐらい朝飯前だ。現に、もう何度も坐らせられている。いや、その上、『伏せ、射《う》ち方用意!』と号令をかけるさわぎだ。これはみんな実際にあったことで、四人たちは承知している。だから、みんなはそっと門のそばから離れはじめた。

「さあ、さっさとはなれろ!」と、護送兵が追いたてる。

「おい、なんだって、お前らは門にへばりついてるんだ?」後列の者が前列の者に罵声をあびせる。そして、押されながら、後へさがっていく。

「五列縦隊に整列! 一列! 二列! 三列!」

もう月がこうこうと照っている。すっかり輝きをまして、さっきまでの赤味も消えてしまった。中天までもう四分の一の高さに昇っている。一晩がふいになったのだ! ……忌々《いまいま》しいモルダビア人め。忌々しい護送兵め。忌々しい人生め!

勘定の終った前列の連中は、うしろを振りかえりながら、爪先《つまさき》だって、最後の列に二人残るか三人残るかと、じっと見つめている。今や、生命のすべてはこの一事にかかっているのだ。

シューホフは、最後の列に四人残っているような気がして、怖《おそ》ろしさに思わずぞッとした。ひとり余分にいる！　また勘定のやり直しだ！　が、実は山犬のフェチュコーフが中佐にタバコの吸いさしをせびりにいき、ぼんやりしていて、すぐ自分の列にかえらなかったので、余分な人間が出たように見えたのだった。

護送副隊長はカッとなって、フェチュコーフの首筋に一発くらわした。

いい気味だ！

最後の列には——三人。ぴったりだ。やれやれ、おかげさまで助かった！

「門からはなれろ！」と、また護送兵がせきたてる。

しかし、今度は囚人たちもぶうぶういわない。見ていると、詰所から兵士たちが出てきて、門のむこう側に警戒線をしいたからだ。

つまり、やっと門からだす気になったらしい。

民間人の職長も、現場監督も見えない。これなら薪を運んでいける。

門がパッと開け放たれた。と、門のむこうの、木柵《もくさく》のそばには、またもや護送隊長と点検係があらわれて、

「一列！　二列！　三列！……」

これでもう一度勘定があったら、そのときはじめて見張りを望楼から下ろすのだ。いや、それにしても、遠い望楼からここまで戻ってくるのは大へんな道のりだ！しんがりの囚人が現場から出て、勘定があうと、そのときはじめて電話で各望楼に「おりてこい！」と伝えるのだ。これが話せる護送隊長の場合なら、電話してから、すぐ帰還命令をだす。囚人は逃げだすわけもないし、望楼勤務の見張りたちも、じき追いつくだろう、というわけだ。ところが、石頭の護送隊長の場合には、囚人に対して兵士の数が足りないことを怖れて、見張りが戻るのを待っているのだ。

きょうの護送隊長は、そういう石頭のひとりだった。じっと待っている。

まる一日、囚人たちは酷寒《マローズ》の中にいて、今ではすっかり凍えて死ぬ思いだ。しかも、作業が終ってからも、まる一時間、凍えながら突立っていたのだ。しかし、その酷寒《マローズ》ですら、《一晩ふいになったのだ！》という怒りほどには身にこたえない。もうラーゲルへ戻っても、なにひとつする暇はないのだ。

「で、どうして英国海軍の生活をそんなによくご存知なんです？」と、だれかがとなりの列でたずねている。

「いや、実は、ほとんどまる一カ月も英国の巡洋艦に乗りこんでいましたんでね。自分の個室《キャビン》も持ってましたよ。護衛艦隊に派遣されてましてね。連絡将校でした。いや、ところがですね、戦後になって英国の提督から記念品が贈られてきましてね。『感謝のしるしに』とかいって。いや、おどろいたのなんのって、ひどいめにあいましたよ!……それで——十ぱひとからげということに……ベンデル派なんぞといっしょにぶちこまれちゃ——浮かばれませんよ」

ああ、なんという奇妙な眺め。一本の木立ちもない荒野、人かげもない作業現場、月光ににぶく輝く雪また雪。護送隊はもう配置を完了した——互いに十歩間隔に立ち、銃は安全装置をはずしている。囚人たちの黒い群。その群のなかには、おなじような黒いジャケツを着たЩ《シチャー》三一一番——金筋の肩章で、この人生を割りきり、英国の提督とも親交を結んでいたというこの男が、今ではフェチュコーフとモッコをかついでいるのだ。

ひとりの人間の運命なんて、どうにでも変えられるのだ……

やっと、護送兵が集合した。《お経》ぬきで、すぐ、

「前へ進め!　急げ!」

えい、畜生ッ、今さら急いでなんになる!　もうどの現場にもおくれてしまったからには、急いだって意味がない。囚人たちは別に申しあわせたわけではないが、みんな心は通じていた——おい、ずい分待たせてくれたな。今度はこちらが待たせてやる

さ。貴様らだって、早くあたたかいところへ帰りたいのとちがうのか……「歩度をあげろ!」と、護送隊長が怒鳴っている。「先頭、歩度をあげろ!」『歩度をあげろ』だって。笑わせるない! 囚人たちは首をたれ、歩調を乱さずに、進んでいく。まるで葬列のようだ。もうおれたちには失うべきなにものもないんだ。どっちみちラーゲル到着は一番びりだ。おれたちを人間さまらしく扱わなかったからよ。さあ、今度は喉《のど》がさけるまで、わめいていりゃいいのさ。

護送隊長は幾度も幾度も『歩度をあげろ!』と怒鳴ってから、ようやく悟った――囚人たちにはもう急ごうという気がないのだ。だからといって、発砲するわけにもいかない。何しろ、五列縦隊で整然と行進しているのだ。さすがの護送隊長も囚人たちを急がせる力は持っていなかった。(朝、囚人たちが力をたくわえるにはこの手しかなかった。作業現場へゆっくり行進していくのだ。いや、急いで駈《か》けだしていくような者は、ラーゲルの刑期を全うすることはできない。じきに参ってしまい、のたれ死にするばかりだ。)

こうして作業隊は歩度をくずさずに整然と行進していった。足もとでは雪がきしんでいる。小声で話を交わしている者もあれば、黙りこくっている者もある。シューホフは、頭の中で、朝からなにかやりそびれていたことはないかと、あれこれ思いだしていた。そうだ、医務室のことをすっかり忘れていた！　いや、それにしても、おどろいた話だ、仕事に夢中になって、医務室のことをけろりと忘れているなんて。ちょうど今ごろは医務室の診察時間だ。今からでも晩飯をぬけば、間にあうだろう。でも、もう節々の痛みはなおってしまったみたいだ。熱もなさそうだ……時間がむだになるだけ！　医者の厄介にもならずに、おさまった。なまじあんな医者にかかれば、経かたびらを着せられかねない。

もう彼は医務室のことなんかけろり忘れて、晩飯のおまけをどうやって手にいれるか思案していた。あてになるのはただひとつ、ツェーザリが差入れの小包を受けとることだ。もうとうに受けとっていい時分だ。

と、突然、四人部隊の様子ががらりと変った。列が乱れ、歩調がくずれると、いきなり喚声をあげて走りだした。シューホフのいたしんがりの列は、もう前をいく連中に追いつかなくなり、そのあとを追って一目散に駈けだしていく。五、六歩いったかと思うと、すぐまた駈け足になる。

後尾が丘をのぼりきったとき、シューホフも合点がいった。遥《はる》か右前方の荒野に、もう一つの作業隊が黒々と見えたからだ。こちらの隊とはすかいに進んでくる。きっと、こちらに気づいて、やはり足を早めたのだろう。

あの作業隊は機械工場の連中にちがいない。全部で三百人あまりだ。あの連中も、どうやら、ついてないらしく、待たされたのだ。だが、なんの理由で？　いや、あの連中は仕事の面で残されることがあるのだ。例えば、なにかの機械の修理が完了しないとか。もっとも、連中には大したことじゃない。何しろ、一日じゅうあたたかいところにいるんだから。

さあ、今度こそ勝つか負けるか！　みんなは一目散に走りだす。ただもう無我夢中で走りだす。護送兵も速足になった。ただ護送隊長ひとりが声をからして怒鳴っている。

「隊列をのばすな！　後尾はもっとつめろ！　つめろったら！」

やい、黙らねえか、なにをガヤガヤわめいてるんだ？　おれたちがつめねえとでもいうのか？

話をしていた者も、考えごとをしていた者も、全作業隊員の関心は、ただひとつにかかっていた。

「追いこせ！　追いぬけ！」

そして、すべてが渾然《こんぜん》一体となって、味噌《みそ》も糞《くそ》もなくなり、もう今では護送兵たちでさえ、囚人たちの敵ではなく、味方となった。ほんとうの敵は――あの、別の作業隊だ。

たちまち、みんなは陽気になり、さっきまでの重苦しい気分は吹っとんでしまった。

「がんばれ！　がんばれ！」と、後ろの連中が前の連中に掛け声をかける。

こちらの隊が通りまで出たとき、機械工場の連中は住宅区のかげに見えなくなった。さあ、今度は目かくし競走だ。

こちらは道路のまん中を走っているから、それだけ有利だ。道路わきを走る護送兵たちもあまりつまずかない。いや、今こそ大きく差をつけるときだ！

機械工場の連中を追いこさねばならぬ理由はもうひとつある。あの連中はラーゲルの詰所で、いつも長々と身体検査をされるのだ。ラーゲルで例の密告者《いぬ》殺しがあってから、ナイフは機械工場でつくられ、そこからラーゲルへ持ちこまれたものだとおエラ方はにらんでいる。だから、機械工場の連中はラーゲルへ入るとき、特別念入りな身体検査を受けるのだ。大地が凍《い》てつきはじめた晩秋にも、連中はしょっちゅう怒鳴られていた。

「機械工場隊、靴をぬげ！　靴を両手にもて！」

そうやって、はだしのままで、身体検査を受けるのだ。

いや、最近でも酷寒《マローズ》なんかお構いなしに、手当り次第に物品検査をやっている。

「さあ、貴様は右の靴をぬげ！　貴様は左だ！」

当の囚人は片方の靴をぬぎ、片ちんばではねながら、脱いだ靴をさかさに振ったり、脚絆《きゃはん》をほどいたりして、ナイフはありません、というわけだ。

シューホフはまた聞きなので、真偽のほどは分らないが、機械工場の連中はもう夏のころにバレーボールの柱を二本ラーゲルへ持ちこみ、その柱のなかに全部のナイフをかくしておいたのだという。一本の柱に長い刃のナイフを十本ずつ。今でもそれらのナイフはラーゲルのそこここでたまにみつかることがある。

作業隊はなかば駈け足のまま、新しいクラブの横を抜け、住宅区域をすぎ、木工所の脇《わき》を通り、ひとつ角をまがって、今やラーゲルの詰所にまっすぐ通ずる道へ出た。

「わあ、わあ、わあ！」と、作業隊は一斉に喚声をあげた。

この曲り角をはじめから目ざしてきたのだ！　機械工場の連中は右うしろ百五十メートルほどのところにおくれている。

さあ、もう落着いていこう。作業隊の連中は喜んでいる。カエルにはおれたちだって勝てるさ、というウサギの悲しい誇り。

もうラーゲルは目の前だ。朝、出かけてきたときと、ちっとも変っていない。夜。切れ目のない塀の上にはずらりとラーゲルの常夜灯。特に詰所の前はあかあかと灯がともっている。いや、身体検査をする広場などはまるで太陽が照っているみたいだ。

ところが、詰所のすぐ手前で、

「とまれ！」と、護送副隊長が叫んだ。そして、自分の自動小銃を兵士にあずけると、作業隊の近くに駈けよってきた（自動小銃をもって囚人たちに近づくことは禁じられている）。「右の列の者で薪《まき》を持っている者は、右側に薪をすてろ！」

みんなは大っぴらで運んできたので、もう副隊長にはまる見えだ。一つ、二つ、三つ、薪の束が次々にとんでいく。隊の中ほどへかくそうとする者もいたが、かえって隣りの者が反対する。

「貴様ひとりのおかげで、ほかの奴《やつ》らのまで取られたらどうする？　おとなしくすてちまえ！」

囚人にとって最大の敵はだれか？　別の囚人だ。もし囚人が互いにいがみあうことがなかったら――ああ！……

「前進！」と、副隊長が叫んだ。

こうして、作業隊は詰所へ向った。

詰所へは五本の道が通じている。今から一時間前には、この五本の道も各作業隊で大へんなさわぎだった。もしこれらの道路が舗装されたならば、この詰所と身体検査場のある一画は、将来ここに生れるであろう市《まち》の、中央広場になるはずだ。そのあかつきには、いま各作業隊が四方八方から集ってくるように、デモ隊が行進していくだろう。

看守たちはもう詰所のなかで暖をとっていた。外へ出てくると、道をふさいで、たちはだかる。

「ジャケツのボタンをはずせ！　防寒服の前をあけろ！」

連中は囚人の両手もひろげさせる。検査をしながら、抱くような恰好《かっこう》になる。両の脇腹を叩《たた》いてみる。いや、大体、朝とおなじことだ。

今はもうボタンをはずしても怖くない。あとは家へかえるばかりだ。

みんなはそう口癖にしている――『家へかえる』と。

もうひとつの「家」のことは、まる一日、思いだす暇もない。

もう縦隊の先頭が検査を受けだしたとき、シューホフはツェーザリに近づいて、声をかけた。

「ツェーザリ・マルコヴィチ！　わしはこの詰所からすぐ小包受領所へとんで、番をとっときますよ」

ツェーザリはシューホフのほうへ振りむいた。その黒々とした口ひげは、今や下のほうが白くなっていた。

「イワン・デニーソヴィチ、なぜ番をとるんです？　小包はきてないかも知れんよ」

「なあに、こなくってもーーわしはちっともかまいませんよ。十分も待ってみて、お見えにならなければ、バラックへ帰るだけ」（シューホフは心の中で、たとえツェーザリがこなくても、だれかほかの者に順番を売ればいいと考えていた。）

一日で、ツェーザリが小包を待ちくたびれているのが分る。

「じゃ、頼むよ、イワン・デニーソヴィチ。ひとっ走りして、番をとっておいてくれ。待つのは十分でいいよ。それ以上はけっこうだ」

さあ、もうすぐ身体検査だ。きょうのシューホフはなにも隠していないので、堂々と前へ進んでいく。ゆっくりとジャケツのボタンをはずし、防寒服に巻きつけた紐《ひも》をほどいた。

禁じられた品は何ひとつ身につけたおぼえはなかったが、八年のラーゲル暮しのあいだに、どんなときにも慎重に身がまえる習慣ができてしまっていた。そこで、彼はズボンの膝《ひざ》ポケットへ片手を突込み、あらかじめちゃんと承知していたにもかかわらず、そこが空《から》であることをもう一度たしかめた。

ところが、そこには刃物があった！　折れた手鋸《てのこ》の刃が。これはきょう、作業現場でつい勿体《もったい》ないと思って拾いあげ、ラーゲルへ持ちかえろうなどとはつゆ思っていなかった品物である。

はじめは持ちかえるつもりはなくても、もうここまで持ってきてしまった今、それをすてるのはむしょうに残念だった！　いや、これなら小さなナイフぐらいには研ぎあげられる。靴の修理とか、つくろいものに便利な小さなナイフ！

はじめから持ちかえる気だったら、とっくり考えて、いいかくし場所もみつかったにちがいない。しかし、今となっては検査までにあと二列をのこすのみだ。しかも、その前列の五人は、もう検査を受けに、前へ進みでた。

さあ、もう待ったなしで決めねばならぬ。最後列の連中にかくれて、そっと雪の上にすてるか（痕《あと》はみつかっても、だれのものかは分らない）、それとも、このまま持ちこむか！

こんな鋸《のこぎり》の破片でも、いったん刃物と認められれば、十昼夜の営倉にもなりかねない。

しかし、靴修理のナイフになったら、もうけもの。りっぱに飯のたねになる！

すてるには忍びない。

そこでシューホフは、綿入れ手袋に押しこんだ。

ちょうどそのとき、次の五人に身体検査の命令が下った。

そして、真昼のように明るい検査場の一画に、最後の三人がとり残された。センカとシューホフ、それにモルダビア人を探しにいった三二班の若者だ。

こちらは三人、迎える看守は五人ということで、ちょっとしたかけひきができた。右側の二人のうちどちらか一人を選べるわけだ。シューホフは血色のいい若者を敬遠して、白ひげの老人を選んだ。老人は、むろん、経験をつんでいるから、やる気になれば、たやすく見つけるだろう。だが老人であるだけに、もうこんな勤めにはあきあきしているにちがいない。

そうこうしているうちにシューホフは、鋸のかけらの入ったのと空《から》のと両方の手袋を手から脱ぎ、それらを（空《から》の方を前へ突きだして）片手で持った。そして、その同じ手で腰に巻いていた紐を持ち、防寒服の前を大きくあけ、相手に取りいるように、ジャケツと防寒服の裾《すそ》をめくりあげた。（彼は身体検査のとき、決してこんな協力的態度をとったことはなかった。しかし、今は自分が公明正大であることを見せつけたかったのだ。さあ、どこでも検査してくれ！）そして号令とともに、白ひげの前へ進みでた。

白ひげの看守は、シューホフの両脇と背中をポンポン叩くと、膝ポケットを上から押えてみた。なにもない。と、今度は防寒服とジャケツの裾を手のなかでもんでみた。やはり、なにもない。そこで、もう手を下ろそうとしたが、念のためといった風に、シューホフがまだ突きだしていた手袋を——それも空《から》の方を片手で握ってみた。看守が空《から》の手袋を握ったとき、シューホフは息の根がとまる思いだった。もしこれが反対の方を握ったのだったら！　もちろん、営倉ゆきだ。パンは一日三百グラム。熱いスープは三日にいっぺん。一瞬、彼の頭を、飢えのために弱りはてていく自分の姿がチラッとかすめた。そんなことになったらもう、飢えもせず満腹もせずという今の状態にすら、戻ることはむずかしい。

その瞬間、彼は心の中で必死に祈りをささげた。

《ああ、主よ！　助けたまえ！　営倉を免れさせたまえ！》

こうしたもろもろの思いは、看守がはじめの手袋を握ってから、もう一つうしろの手袋を握ろうと手を動かしたほんの僅《わず》かの時間に、彼の頭をかすめたものだ（もしシューホフが手袋を、片手でなく両手に別々に持っていたら、看守は両手でいっぺんに握ったにちがいない）。が、そのとき検査係の古参が、一刻も早く自由の身になりたかったらしく、護送兵へこう怒鳴る声が聞えた。

「さあ、今度は機械工場の番だぞ！」

と、白ひげの看守は、シューホフのもう一つの手袋を握るかわりに、『さあ、いけ!』とばかりに、片手をふった。それで、放免になった。

シューホフは仲間たちに追いつこうと駈《か》けだした。みんなはもう、長い二本の丸太を渡した柵のあいだのところで、五列縦隊に整列していた。この柵は市場《バザール》の馬をつなぐ柱に似ていて、作業隊を一時追いこんでおく場所を形づくっていた。彼はもう足が地につかぬ思いで、軽々と駈けだしていった。が、もう一度感謝の祈りをささげることはしなかった。その暇もなかったし、なにもいまさら、という感じもあった。

彼らの作業隊に付きそってきた護送兵たちは全員、機械工場隊の護送兵に道をあけて、道路のわきへよけていた。今はただ、護送隊長がくるのを待つばかりだった。作業隊が身体検査の前に投げすてた薪は護送兵たちが自分で拾い集めてしまったし、検査のときに看守たちにまきあげられた薪は、もう詰所の横に山と積まれていた。月はさらに高く昇っていた。月あかりに白く輝く雪原の夜。酷寒《マローズ》はいよいよきびしくなった。

護送隊長は、四百六十三名のラーゲル帰還証明書を貰《もら》うために詰所へむかう途中、ヴォルコヴォイの副官プリャハと立ち話をしていたが、いきなり大声を張りあげた。

「K《カー》四六〇番!」

縦隊の人垣にそっとかくれていたモルダビア人は、ひとつ溜《た》め息を洩《も》らすと、右手の柵《さく》のほうへ歩きだした。相変らず背中をまるめて、首を思いきり低くたれていた。

「こっちへこい！」と、プリャハは柵をまわってくるように合図した。

モルダビア人は柵をまわって進みでた。と、即座に、両手をうしろに組んで、その場に突立っているように命ぜられた。

つまり、彼は逃亡をくわだてたとみなされたのだ。監獄《プール》へぶちこまれるのだ。

門のちょっと手前、追いこみ口のむこう側の左右に、ふたりの守衛があらわれた。

と、背丈の三倍もある大きな門が、ゆっくりと開いて、号令がかかった。

「五列縦隊に整列！」（もうここでは『門からはなれろ！』という必要はない。というのは、どの門もいつもラーゲルの内側へだけ開くようになっているからだ。たとえ囚人たちが内側から群をなして門へ殺到したとしても、決して門を突破することはできないだろう。）「一列！　二列！　三列！……」

囚人にとってはラーゲルの門をくぐって、この夕べの点呼を受けるときほど、一日のうちで飢え、凍え、弱りはてているときはない。今の彼には、ただ熱いばかりでろくな実《み》もはいっていない野菜汁《バランダー》の一杯が、それこそ旱天《かんてん》の慈雨にもひとしいのだ。彼はそれを一息に平らげてしまう。この野菜汁《バランダー》の一杯こそ、今の彼には、自由そのものよりも、これまでの生涯よりも、いや、これからの人生よりも、はるかに貴重なのだ。ラーゲルの門をくぐるとき、囚人たちはさながら凱旋《がいせん》兵士のように、意気軒昂《けんこう》として、雄々しく、大手を振っていくのだ。まさに、一騎当千の勢いだ！　ラーゲル本部で働いている重労働免除の連中などは、なだれ込んでくる囚人たちの群を見ると、ぞッとするくらいだ。

さあ、ほかならぬこの点呼のときから、つまり、朝の六時半に作業出動の鐘が鳴ってからはじめて、囚人たちは自由な人間にたちかえるのだ。ラーゲルの大きな門をくぐり、中間地帯の小さな門を通り、整列場所沿いの二つの柱の間をぬければ――もうどこへいこうが各自の勝手だ。

班員は思いおもいの方へ。だが、班長連は作業割当係に呼びとめられる。

「各班長は生産計画部《ペー・ペー・チェー》へ集合！」

シューホフは監獄《プール》の脇をぬけ、バラックの間をぬって、一目散に、小包受領所へ走った。いっぽう、ツェーザリは自己の品位をおとさず、ゆっくりと、反対のほうへ歩いていった。行く手の柱のまわりには、もうたくさんの人が群っている。柱の上には一枚のベニヤ板がうちつけられ、その表面にボール・ペンできょうの小包受領者の名前が書きだされてあった。

ラーゲルでは紙の上にものを書くことは少く、大抵はベニヤ板を使う。まあ、板の上に書くほうが確かで、信頼できるというわけだ。望楼の哨兵《しょうへい》も、作業割当係も、人員を計算するとき、この板を使う。翌日も削って、また使えるわけだ。とにかく、経済的だ。

ラーゲル構内に残っている連中には、こんな内職稼ぎもある。小包を受けとった者の名前をベニヤ板で見ておき、整列場所で本人を待ちぶせ、すぐにその番号を教えてやるのだ。大した稼ぎにはならなくても、巻タバコの一本ぐらいは貰えるというものだ。

シューホフは小包受領所まですっとんでいった。バラックに別棟が建てましされており、その別棟にまた小さな張り出しがついている。そこが小包受領所になっていた。外の扉がついておらず、寒風が吹きぬけていくが、とにかく屋根の下なので、いくらか居心地がよい。

受領所の壁に沿ってもう行列ができていた。シューホフも並んだ。彼の前には十五人ばかり並んでいたから、あと一時間以上はかかるだろう。ちょうど就寝時間すれすれだ。しかし、暖発電作業隊の連中で掲示板を見にいったものがあっても、シューホフよりはおそくなる勘定だ。機械工場の連中もみんなそのまたあとだ。連中は小包を受取るために、明朝、もう一度並ばなければならないだろう。

行列に並んでいる連中は小さな袋やザックを持っている。扉のむこう側では（シューホフ自身はこのラーゲルへきて、まだ一度も小包を受取ったことはないが、いろいろ話にはきいている）看守たちが小包の箱を手斧《ちょうな》でこじあけて、どんなものでもひっぱりだして、いちいち点検しているという。ものによっては切ったり、折ったり、さわったり、まいたりする。びん詰や罐詰になっている液体類のときには、さっさと蓋《ふた》をあけて、相手の素手であろうと、タオル袋であろうと、お構いなしに、中身だけ注いでくれる。つまり、びんとか罐とかは渡してくれないのだ。なにか怖《おそ》れているらしい。まんじゅうとか、珍しい菓子とか、あるいはまた、ソーセージや魚のくん製の場合は、先《ま》ず看守がお毒味をする。（それに文句でもいおうものなら――たちまち、これは禁制品だから、規則にてらして渡すことはできん、と高飛車にでる。小包を受けとった者は、この看守をはじめとして、あちらにもこちらにも、次々に何かやらなければならない。）いや、中身の検査が終っても、小包の箱はやっぱり渡してはくれない。中身はそれがなんであろうと、とにかく持参の袋へ、時にはジャケツの裾の中へでも移しかえなければならない。それがすめば、もう追っぱらわれて、お次の番となる。あまりせきたてられて、台の上に忘れ物をすることもある。しかし、取りに戻るのはくたびれもうけ。あったためしがない。

いつごろだったか、まだウスチ＝イジマにいたとき、シューホフは二度ばかり小包を受取ったことがある。しかし、彼は自分で女房に書いてやった。無駄になるから、送らんでくれ。その分、子どもにやってくれ。

たしかにシューホフはこのラーゲルで自分ひとりの身を養うよりも、自由の身で家族全員を養っていたときのほうが楽だった。しかし、そうした小包がいくらぐらいのものかも承知していたし、十年間も家から送ってもらうわけにいかないことも分っていた。それなら、いっそ全然貰わないほうが気が軽かった。

しかし、いったんそう決心したものの、班のだれかが、あるいはバラックの隣人たちが小包を受取るたびに(つまり、それはほとんど毎日のことだった)シューホフは自分にはもうこないのだと、胸をしめつけられる想《おも》いにかられた。そして、たとえ復活節《パースハ》でも送ってよこすなと、女房にきつく書きおくり、金持ちの班員のためでもなければ、掲示板のある柱にも決して近づいたことはなかったのに、それでも時どき彼は、なぜかこんな空想にかられるのだった。だれかが自分のところへ駈けつけてきて、こう教えてくれるのだ。

シューホフ！　おい、なにをぐずぐずしてるんだ？　貴様に小包がきているぞ！

しかし、だれも駈けつけてきてはくれなかった……

もう今ではテムゲニョヴォ村や、わが家のことを想いだすよすがとなるものも益々《ますます》少くなるばかりだった……起床から就寝までラーゲル暮しに追いまわされて、楽しい想い出に耽《ふけ》る暇もない。

今、この列に並んでいる者は、目前に迫ったさまざまな期待で各自の胃の腑《ふ》を慰めていた——ベーコンを思いきり嚙《か》みしめてみたいとか、パンにこってりバターを塗ってやろうとか、あるいはまた、砂糖でとろりと甘いお湯をつくってみようとか。しかし、その中にあってシューホフひとりは、ただひとつの願いしかなかった。班の仲間たちといっしょに食堂へいき、せめて冷えてない熱い野菜汁《バランダー》をすすりたいものだ。冷えてしまった汁は、熱いやつの半分の値打ちもないからだ。

彼は頭の中で計算してみた。もしツェーザリの名前が掲示板に出ていなかったら、彼はとうの昔にバラックへ戻り、顔でも洗っているにちがいない。もし名前が出ていれば、今ごろは袋やプラスチックのコップや風袋《ふうたい》などを集めているにちがいない。そのためにシューホフは十分間待つと約束したのだ。

行列に並びながら、シューホフはニュースを耳にした。今週はまた日曜がつぶれるという。勝手にまきあげられてしまうのだ。いや、彼もそうではないかと思っていたし、みんなもそう思っていたのだ。というのはもし月に日曜日が五回あれば、三回は休日で、二回は作業、と相場が決っていたから。もっとも、予期はしていても、いざそう聞かされると、やはり胸がズキズキ痛むのだった。ああ、虎《とら》の子の日曜日をまきあげるなんて！　もっとも行列している連中も中々うがったことをいっている。休日だといっても、こき使う分には変りがない。次から次へと用事を思いついては、やれ、風呂《ふろ》たきだ、やれ、通行どめの壁作りだ、やれ庭の掃除だと、きりがない。でなければ、マットレスの交換、塵払《ちりはら》い、ベッドの南京虫《ナンキンむし》退治。いや、身分証明書のチェックをやったり、荷物検査までおっぱじめる。荷物をかついで内庭へ出りゃ、半日は坐《すわ》りっぱなし、とくる。

おエラ方の連中には、どうやら、囚人たちが朝飯を食ってからごろりと横になるのが、なんとしてもしゃくらしい。

行列はのろのろではあるが、少しずつは進んでいた。そこへ一言のあいさつもなく、理髪師と簿記係と文化教育部係《カー・ヴエー・チエー》の三人が、強引に列に割りこんできた。もっともこの連中は一般囚人とちがって、構外作業にも出ない、れっきとしたラーゲル側の畜生だった。作業へ出る囚人たちはこの連中のことを虫けら以下にいっていた（逆に連中のほうでも一般囚人をそう考えていた）。しかし、この連中とけんかしてみてもはじまらない。何しろ、この連中は横の連絡が密で、看守たちとも絶えず連絡しているからだ。

シューホフの前にはまだ十人あまりも残っていたし、うしろにも七人つづいていた。そこへ開け放たれた扉から、身をかがめたツェーザリが、娑婆《しゃば》から送って貰った真新しい毛皮帽をかぶって入ってきた。（いや、この帽子ひとつを取ってみてもそうだ。ツェーザリはきっとだれかに袖《そで》の下を使って、こんな真新しい一般市民の帽子をかぶる許可をえたのだ。これがほかの連中なら、たとえよれよれの戦闘帽でもまきあげられて、豚皮のラーゲル帽を支給されるからだ。）

ツェーザリはシューホフに笑顔をみせると、行列中ずっと新聞ばかり読んでいた一風変った眼鏡の男とすぐ話をはじめた。

「やあ、ピョートル・ミハイロヴィチ！」

と、二人はたちまち、まるで赤いケシの花のような血色になった。風変りな男が口をきった。

「ほら、見て下さい。『夕刊モスクワ』の新しいやつですよ！　帯封《バンデロール》で送ってきたんですがね」

「ほほう?!」と、ツェーザリも同じ新聞をのぞきこんだ。それにしても、ここは天井の下にちっぽけな電灯がひとつぶら下っているだけだ。あんな小さな活字が読めるのだろうか？

「そこにとてもおもしろい劇評がのってますよ、ザヴァツキイ（訳注　モスソビエト劇場の演出家）の初日について！……」

この二人のモスクワっ子は、まるで犬みたいに、遠くからでも、お互いを嗅《か》ぎつけてしまう。そして、いったんいっしょになると、今度は互いに自己流で相手の体を隅から隅まで嗅ぎまわすのだ。いや、その早口といったら、まるでどちらがうんと喋《しゃべ》れるか争っているみたいだ。それに、そういう早口になると、ロシア語の単語がめったに出てこないので、まるでラトビア人かルーマニア人が喋っているといった感じだ。

しかし、ツェーザリの手にはちゃんといくつかの袋が握られている。

「それじゃ、ツェーザリ・マルコヴィチ、わしは……」と、シューホフは舌足らずの調子でいった。「もういってもいいですね？」

「ええ、けっこうですよ」と、ツェーザリは黒い口ひげを新聞からあげた。「それじゃ、私はだれのうしろ？　え、私のうしろは？」

シューホフはツェーザリをちゃんと列の中へ押しこむと、相手のほうから切りだすのを待たずに、晩飯のことをたずねた。

「で、晩飯は運んでおきますか？」

（これはつまり、食堂からバラックへ、鍋《なべ》にいれて運ぶという意味だ。もっとも運ぶことは厳禁されている。いや、それについてはたくさんの命令も出ている。現場をみつかれば、鍋の中身を地面へすてられたうえ、営倉へぶちこまれる。それでもやっぱり、この運びだしは行なわれているし、これからも行なわれるだろう。とにかく用事のある連中は、班の仲間といっしょに食堂へいく暇はないからだ。）

晩飯を運びましょうかと、たずねたものの、シューホフは心の中で思った。《まさかそんなにがつがつしないでしょうな？　晩飯は頂戴《ちょうだい》できるんでしょう？　だって晩飯は粥《カーシャ》ぬきで、実《み》のない野菜汁《バランダー》きりですぜ！……》

「いや、いや」と、ツェーザリは笑顔をみせた。「自分で食べて下さい、イワン・デニーソヴィチ！」

この一言をシューホフは待っていたのだ！　今や彼は自由をえた小鳥のように、受領所の屋根の下からとびたつと、脇目《わきめ》もふらず、すっとんでいく。

囚人たちはどんな隅へでももぐりこんでしまう！　かつてラーゲル所長はこんな命令をだしたことがある。いかなる囚人も単独で構内を歩いてはならぬ。必要があるときには、全班が一隊となっていかねばならぬ。しかし、一度に全班がいく必要のない場合、例えば、医務室とか便所へは、四、五人のグループを組み、その長を決め、目的地まで隊伍《たいご》をくんでいき、そこで待合せて、また隊伍をくんで帰らねばならぬ。

ラーゲル所長はこの命令を頑固に主張していた。だれもそれに反対できなかった。看守たちは単独行動をしている者を捕えては、番号を書きとめ、監獄《ブール》へひきたてていった。が、間もなくこの命令は有名無実になってしまった。これまでにもかなり沢山の悪評たかい命令が知らぬ間に消えていったのと同様である。例えば、だれか一人を保安部《オペール》へ呼びだすとき、まさか本人といっしょに他の者も隊伍をくませて連れてくるわけにもいかないからだ！　また、倉庫へ自分の個人食糧を取りにいきたい者があっても、貴様のお供なんかごめんだということにもなる。いや、文化教育部へ新聞ひとつ読みにいくにも、だれか相手を見つけなければならないわけだ。このほか、長靴の修理にいくもの、乾燥台へよるもの、またバラックからバラックへなんということもなく出かけるもの（これはなによりも厳禁されていたが）と、人さまざまだ。とてもこれらの連中をひきとめるわけにはいかない！

ラーゲル所長は、この命令によって、囚人の最後の自由まで取りあげようとしたのだ。しかし、そうは問屋がおろさなかった。

シューホフはバラックへ帰る道すがら、看守に出会ったが、万一に備えて、ちょいと帽子を持ちあげて、そのままバラックの中へ駈《か》けこんだ。見ると、バラックの中は大さわぎ。だれかのパンが昼間盗まれたといって、当番の老人たちが罵倒《ばとう》されているのだ。いや、老人たちも負けずに怒鳴りかえしている。しかし、一〇四班の一画は人影もない。

その晩、シューホフはラーゲルへ戻ったときから、きょうはうまくいったなと思っていた。昼間にバラックの検査がなかったとみえ、マットレスも荒されていなかったからだ。

シューホフは、歩きながらジャケツを肩から脱いで自分のベッドへ急いだ。ジャケツも、鋸《のこぎり》の入った手袋も、パッと上へ投げあげて、マットレスの奥を手で探った――朝のパンはちゃんとある！　縫っておいてよかったな。

それから、駈け足で外へ！　食堂へまっしぐら！

看守にもぶつからずに、食堂まで突走った。会ったのは配給のパンのことで議論している囚人たちだけだ。

外は月のひかりでさらに明るくなっていた。到《いた》るところに常夜灯が輝き、バラックが黒い影を落していた。食堂の入口の広い階段は四段あるが、今はそこもまた黒い影の中に沈んでいた。しかし、その上の小さな電灯は、かすかに揺れながら、酷寒《マローズ》のためにきしむような音をたてていた。電球は、酷寒《マローズ》のためか、ほこりのためか、七色の虹《にじ》のように輝いていた。

このほかにも、ラーゲル所長の厳しい命令があった。各班は食堂へいくときは二列縦隊とする。さらに、この命令はつづく。食堂に着いても、すぐに階段をのぼることなく、五列に隊形をなおし、食堂当番が請じいれるまで、その場で待機すること。

食堂当番にはフラモイがかじりついていた。フラモイはびっこをたてに不具者の資格を得ているが、畜生め、どうしてどうして頑健そのものだ。奴《やつ》は白樺《しらかば》の杖《つえ》を持っていて、自分の指図に従わずに、食堂へ入りこもうとする者を、階段からその杖でこづくのだった。しかし、相手かまわずではなかった。目の早いフラモイは、暗闇《くらやみ》の中でも後ろ姿を見ただけで相手がだれだか分ったので、あとで自分の鼻面《はなづら》をなぐりつけるような手合いには杖をふらなかった。つまり、弱いものいじめというわけだ。シューホフは一度こづかれたことがあった。

名前は――『当番』、その実――大名暮し！　というわけだ。何しろ、コックと仲がいいときている。

きょうは各班が一度に押しよせたためか、整理に長いこと手間どったためか、階段のまわりはえらい人ごみだった。そして階段の上には、フラモイとその助手のほか、食堂主任まで顔をみせていた。犬めらが、看守のいないところで大きな顔するな。

食堂主任はまるまる肥ったまむし野郎で、一アルシン（訳注　約七一センチ）もある肩幅の上に、かぼちゃのような頭をのせていた。とにかく精力があふれているらしく、同じ歩くにしても、バネ仕掛けみたいにピョンピョン歩いていく。足にも、手にも、バネが入っているようだ。番号の書いてない、白いふわふわした帽子をかぶっているが、こんな帽子は民間人でもかぶっているのを見たことがない。また、アストラハンのチョッキを着ていて、胸のところに、まるで切手大の小さな番号をつけていた。これはヴォルコヴォイへの申訳のためだが、背中にはもうその小さな番号すらなかった。食堂主任はだれにも頭をさげなかったし、逆に囚人たちはだれでも彼を怖《おそ》れていた。彼は何千という生命《いのち》をその一本の手で握っていたからだ。一度、囚人たちは彼を袋叩《ふくろだた》きにしようとしたが、コックたちが全員、助けにとびだしてきた。

一〇四班の連中がもう中へ入ってしまっていたら、ことは面倒だ。フラモイはラーゲル全員の顔をおぼえているし、今は主任の手前なおさら、どんなことがあっても異分子がまぎれこむことは許さないだろう。いや、かえってわざといじめるにちがいない。

時にはフラモイの目の届かぬ階段のてすりをのりこえていく手もある。いや、現に、シューホフもやったことがある。しかし、きょうは主任もいることだ。それはまずい。下顎《したあご》を思いきりなぐられて、医務室へかつぎこまれるのが関の山だ。

さあ、急げ、急げ。階段の下の、みんな同じ黒いジャケツの塊りの中に、まだ一〇四班がいるかどうか、見届けなくては。

と、ちょうどそのとき、各班の連中が下から上へ押しあいをはじめた（もうみんなやぶれかぶれだ——消燈《しょうとう》も間近いのだ）。そして、要塞《ようさい》攻撃よろしく、一段、二段、三段、四段と階段を占領し、ついに階段の上へ殺到した！

「待たんか、野郎ども！」と、フラモイはわめいて、前にいた連中に杖を振りあげた。「おりろ！　いうことをきかん奴らは、今すぐこれでぶちのめしてやるぞ！」

「おれたちのせいかよ？」と、前の連中は大声をあげた。「うしろの連中が押してくるんじゃねえか！」

うしろの連中が押したというのは、たしかにその通りだが、前の連中だっていくらもそれに抵抗したわけではなかった。いや、折あらば食堂へもぐり込もうと、すきをうかがっていたのだ。

するとフラモイは例の杖を、かんぬきみたいに胸の前で握りしめ、全身の力を振りしぼって、前にいる連中に突込んでいった！　フラモイの助手も、やはりこの杖を握っていた。いや、食堂主任までが、みずから進んで、手をかす始末。

三人は必死に押してきた、何しろ、肉をたらふく食っているだけあって、ものすごい力だ。こちらは押しかえされた！　逆に、上から下へ、前の連中がうしろの連中の上へ、次々に押し倒されて、将棋倒しとなった。

「フラモイめ……今にみてろ！……」と、群衆の中で叫ぶ者もいるが、姿は見えない。あとの連中は黙って倒れ、黙って起きあがる。動作だけは素早い。まごまごしていれば踏みつけられてしまうからだ。

四人たちは階段から一掃された。食堂主任は踊場の奥へひっこみ、フラモイは最上段に突立って、説教をはじめた。

「このろくでなしめ、いったい何度いったら分るんだ?!　さあ、五列に並べ！　頃合をみて、いれてやるからな！」

シューホフは階段のすぐ下に、センカ・クレフシンの頭らしいものを認めて、すっかり嬉《うれ》しくなり、善は急げとばかりに、肘《ひじ》を張って割りこもうとした。が、たちまち、立ちならぶ背中に押しかえされてしまった。どうにも力がでない。これではとても割りこむこともできない。

「二七班！」と、フラモイが怒鳴った。「はいれ！」

二七班の連中は階段を駈けのぼって、入口へ殺到した。と、それを追ってまたみんなが階段へ押しかけた。うしろの連中も押しまくっている。シューホフも力いっぱいに押した。階段はガタガタッと震え、上にさがっている電灯が悲鳴をあげた。

「またか、このろくでなし！」と、フラモイはかんかんになった。すぐさま例の杖で囚人たちの肩や背中を手当り次第になぐりつけ、一人また一人と、突きとばしていった。

再び囚人たちは一掃された。

下からシューホフが眺めていると、パウロがフラモイといっしょに階段をのぼっていく。班の連中を連れてきたのだ。班長のチューリンはこういう混雑にまきこまれるのが嫌いなのだ。

「一〇四班、五列に並べ！」と、パウロは階段の上から号令をかけた。「諸君、道をあけてくれ！」

ちぇッ、諸君、道をあけてくれ、もないものだ！

「おい、この肩をどけてくれよ。おれの班の番だから！」と、シューホフは前の男の肩を揺っている。

相手も喜んで通してやりたいところだが、四方から押されて、自分でも身動きがとれないのだ。

群衆はよろめきながら、ふらふらになっている。一杯の野菜汁《バランダー》をすするために。当然の権利である野菜汁《バランダー》のために。

そのときシューホフは一計を案じた。先《ま》ず左側の手すりにつかまり、階段の柱を両手で伝って、足を地面からはなし、宙にぶらさがったのだ。宙に浮いた足はだれかの膝《ひざ》を蹴《け》ったらしく、横っ腹をこづかれ、二、三度激しく罵倒されたが、とにかく上へもぐりこんだ。片足を最上段の階段の蛇腹にかけて、一息ついた。と、班の仲間が見つけて、手をのばしてくれた。

食堂主任は立ち去りかけていたが、入口のところで振りかえった。

「フラモイ、もう二班いれちまえ！」

「一〇四班！」と、フラモイは叫んだ。「おい、貴様、どこへいくんだ？」

そう怒鳴りながら、割りこもうとする奴の首筋を杖でなぐりつける。

「一〇四班！」と、パウロが復誦《ふくしょう》して、自班の連中をなかへ入れる。

「やれ、やれ！」と、シューホフは食堂へやっとすべりこんだ。そして、パウロから命ぜられるまでもなく、さっそく、盆さがしに取りかかった。空いている盆を見つけて歩くのだ。

食堂のなかには、あいかわらず、戸口から白い蒸気がかたまりとなって舞いこみ、テーブルにはまるでヒマワリの種子のように、囚人たちがびっしり坐《すわ》っていた。そのテーブルの間をふらふらうろついている者もあれば、あちこちへぶつかっている者もある。いや、皿を満載した盆を運んでいる者もいる。しかし、シューホフもこの仕事にかけてはかなりの年期をつんでいる。目は鋭く、決して見誤らない。Ш二〇八番《シチャー》は盆に五皿しかのせていない。つまり、あれが最後の分というわけだ。でなければ、一杯のせているはずだ。

すぐ相手に追いついて、そっとうしろから耳うちをする。

「兄弟！　お前さんの次に、その盆をたのむよ！」

「いや、あの窓の下でひとり待ってるんだ、もう約束しちまったんで……」

「なあに、そんな待ってる野郎のことなんか、へっちゃらだよ。まごまごするなってことよ！」

話はまとまった。

男は自分の席まで運ぶと、皿をおろした。シューホフはすぐその盆をつかんだが、そこへ、先約の男も駈けつけてきて、盆のむこうの端をひっぱった。シューホフより弱そうな男だ。そこでシューホフが逆に相手のひっぱってるほうへ盆を押しやると、男は柱にぶつかって、盆から手をはなした。シューホフはさっと盆を小脇にかかえて、窓口へとんでいった。

パウロは窓口の行列に並んでいたものの、盆がないので困っていたのだ。シューホフを見て、急に笑顔になると、

「やあ、イワン・デニーソヴィチ！」といって、二七班の副班長を押しのけた。「さあ、どいてくれ！　なにをボサボサ突立ってるんだ？　こっちには盆があるんだぜ！」

見ると、すばしこいゴプチックも、盆を持っている。

「あの連中、ぼんやりしてたから、取ってきちゃったよ！」と笑っている。

ゴプチックなら、一人前の囚人になれるにちがいない。もう三年も辛抱して、大人になれば、まかりまちがっても、パン切り係ぐらいはかたいだろう。

パウロは二つ目の皿をエルモラーエフに渡すよう命令した。シベリア生れの偉丈夫だ（やはり捕虜で十年食《くら》っていた）。ゴプチックは偵察にやらされた。《晩餐《ばんさん》》の終りそうなテーブルはどこか？　いっぽう、シューホフは自分の盆の角を窓口にかけて、待っている。

「一〇四班！」と、パウロが窓口に報告する。

窓口は全部で五つ。三つは、一般食用。一つは、特別食用（十人あまりの潰瘍《かいよう》患者と、「顔」で貰《もら》っている簿記係）。あとの一つは、食器返却口（この窓には飯皿をなめる連中がひしめいている）。窓口はあまり高くない。腰より幾分高いくらいだ。窓口からコックの顔は見えない。見えるのはその手とひしゃくだけ。

コックの手は、白くて艶《つや》があったが、毛深く、がっちりしていた。どうみてもボクサーの手で、コックの手ではない。鉛筆を握ると、壁の名簿にチェックした。

「一〇四班――二十四個！」

パンテレーエフの奴が食堂へあらわれた。病人だなんて、聞いてあきれる。犬め。

コックは先ず三リットルもはいる大びしゃくを手にして、タンクの中をぐるぐるかきまわす。（コックの目の前にあるタンクは、新たに注ぎたされて、もう殆《ほと》んど一杯だ。湯気がさかんにたちのぼっている。）今度は七百五十グラムはいる小びしゃくに持ちかえ、タンクの中を軽くすくって、次々に注いでいく。

「一、二、三、四……」

シューホフはじっと目をこらして、実《み》が底へ沈まぬうちに注がれた皿と、実のない汁ばかりの皿とを、ちゃんと区別して憶《おぼ》えていた。自分の盆に十個の皿をのせて、運んでいく。と、ゴプチックが二番目の柱のところから手を振っている。

「ここだよ、イワン・デニーソヴィチ、ここだよ！」

飯皿運びには——技術がいる。シューホフは盆を震わせないように、流れるように足を運んでいく。いや、この時は口のほうをよっぽど使う。

「おい、X《ハー》九二〇番！　おっさん気をつけてくれよ！　さあ、どいてくれ、お若いの！」

こんな混雑のなかでは、一皿もこぼさずに運ぶのは、並大抵ではない。それが今は十皿なのだ。しかもゴプチックがあけておいたテーブルの隅に、そっと盆をおろしたとき、一滴もこぼれた跡は見当らなかった。いや、そればかりか、彼は例の実の多い二皿がちゃんと自分の坐る前へくるように、盆のむきをかえておいたのだった。

エルモラーエフも十皿運んできた。いや、ゴプチックもとびだしていって、パウロといっしょに、最後の四皿を手で運んできた。

もうひとりキルガスがパンを盆にのせて運んできた。きょうは作業内容によって配給がちがう日だ。二百グラムのものも、三百グラムのものもいるが、シューホフは四百グラム。彼は自分の一本分四百グラムとツェーザリの半本分二百グラムを受取った。

そこへ食堂の隅々から晩飯を貰いに班の者が集ってくる。そして坐る場所のある者から、どんどん食べていく。シューホフは皿をくばりながら、くばった相手をおぼえておく。その間も、盆の隅にある自分の皿を見張っている。実の多い皿のひとつにはスプーンをいれておく。つまり、もう主《ぬし》が決っているという意味だ。フェチュコーフは第一番に皿を貰うと、すぐ立ち去った。どうせ自分の班ではとてもおこぼれにあずかれそうもないから、いっそのこと食堂内をぶらついて、食べのこしを狙《ねら》ったほうがましというわけだ。(食べのこしをした者が、自分の前から皿を押しやると、たちまち、獲物を狙うトンビのように、時には一度に数本の手がその皿へのびるのだった。)

パウロといっしょに員数をあたってみる。ぴったりらしい。班長のアンドレイ・プロコーフィエヴィチ(訳注 ユーリンチ)のためには、シューホフも実の多い皿のひとつを取っておいた。パウロはそれを蓋《ふた》つきの薄いドイツ鍋《なべ》へ移しかえた。これなら、胸に押しつけて、ジャケツの下にかくしていけば持ちだせる。

盆は他の連中に渡される。パウロは二人盛りの皿を前に、シューホフは自分の二皿を前に腰をおろす。と、もうそれっきり二人の会話はとぎれてしまう。聖なるひとときが訪れたのだ。

シューホフは帽子を脱いで、膝の上においた。スプーンで一つの皿の中身をたしかめ、次に二皿目もたしかめた。まあ、悪くはない。魚も入っている。ふつう、晩飯の野菜汁《バランダー》は朝のときよりもだいぶ薄いのが相場だ。朝は囚人たちを働かせるために食わせるわけだが、晩はそのままでも眠ってしまう。

シューホフは食べはじめた。先ず、一皿の汁を息もつかずに飲んでしまう。熱いものが喉《のど》を伝って体内に入っていくと、胃の腑《ふ》は野菜汁《バランダー》を歓迎して、思わずふるえだす。うむ、うまい！　いや、ほかならぬこの一《い》っ時のために、囚人たちは生きているのだ！

今やシューホフはどんな事に対しても腹をたてていない。長い刑期に対しても、長い労働の一日に対しても、いや、日曜日がまたつぶれるということに対しても。彼が考えることはただひとつ。耐えぬこう！　神さまの思召《おぼしめ》しですべてが終りを告げるときまで、耐えぬこう！

彼は第一と第二の皿から熱い汁だけ飲んでしまうと、今度は第二の皿に残った実を第一の皿へ移しかえ、さらにスプーンでよくかきだした。こうしておけば、もっと落着いて食べられるというものだ。二皿目を心配して、キョロキョロ脇見《わきみ》をしたり、手でかばう必要もなくなるわけだ。

目があいたので、ちょっと隣りの皿をのぞいてみた。左隣りの皿は——汁ばかりだ。ちぇッ、まむし野郎め、同じ囚人仲間のくせに、なんということだ！

それからシューホフは汁の残りといっしょにキャベツを食べにかかった。ジャガイモは二皿のなかに一つしかまぎれこんでいなかった。ツェーザリの分の皿のなかにあったのだ。中ぐらいの大きさのジャガイモで、もちろん、凍《し》みてしまっているので、ところどころカチカチだったり、逆にとろっとしている。魚はほとんど入っておらず、ときたま、身のおちた背骨が見えるくらいだ。もっとも、そんな魚の背骨やひれはひとつ残らず嚙《か》みしめなければならない。けっこう汁が出るものだし、魚の汁には滋養がある。もちろん、これをするには時間がかかる。しかし、シューホフはいまさらどこへ急ぐでもない。まあ、きょうはお祭りみたいなものだ。昼飯も二人前、晩飯も二人前、稼げたのだから。こんなことのためだったら、あとはなにをほっぽりだしてもかまわない。

しかし、ラトビア人のところへタバコを買いにはいきたいものだ。あすの朝にはなくなってしまうかも知れない。

シューホフはパンぬきで晩飯を食べた。二人前のうえに、パンまで食べたら、満腹しすぎる。パンはあすのためにとっておこう。人間の腹なんて強慾《ごうよく》なもの。きょうのことなどケロリと忘れて、あすはまたグウグウいうだろう。

シューホフは自分の野菜汁《バランダー》を飲みおえようとしていたが、それほどまわりには気を配っていなかった。いや、その必要がなかったのだ。新しい皿を狙っているわけではないし、今食べているのも当然の権利の分だったから。それでもやはり彼は、目の前の席があいて、そこへ背の高い老人Ю《ユー》八一番が坐ったのに気づいた。シューホフはこの老人が六四班の人間であることも知っていた。さきほど小包受領所の行列に並んでいたとき、シューホフが小耳にはさんだところでは、六四班はきょう一〇四班の代りに《社生団》へまわされ、一日じゅう、火の気もないところで有刺鉄線を張っていたらしい。つまり、自分で自分が逃げられないように鉄条網をつくったのだ。

シューホフはこの老人についてこんなことを聞かされていた。老人はこれまでラーゲルや牢獄《ろうごく》にもう数えきれぬくらいぶちこまれてきたが、ついぞ一度も恩赦になったことはなく、十年の刑期がきれると、すぐまた新しい刑期を申渡されているのだという。

今シューホフはこの老人を間近に観察していた。ほとんどが背中のまがっているラーゲルの住人のなかにあって、老人の背中はぴんと真っすぐにのびていた。テーブルに坐っているところも、腰掛けの下に何かいれて、その上に坐っているといった感じだ。頭はつるつるに禿《は》げていてもうかなり前から髪を刈る必要はなくなっている。いや、髪の毛も、あまり暮しがよすぎるので、敬遠して逃げてしまったのだろう。その眼は食堂内で起っていることなんかには一瞥《べつ》もくれず、シューホフの頭ごしに虚空《こくう》の一角をにらんでいる。彼は先のかけた木のスプーンで、実のない野菜汁《バランダー》を端然とすすっていた。しかも、みんながやるように、顔を皿へ突込むこともなく、スプーンを高く持って、口もとまで運んでいる。歯は上下ともすっかり欠けおち、もう骨のように硬くなった歯ぐきを歯がわりにしてパンを噛んでいた。その顔には消耗の色が濃かったが、しかしそれは敗残者のような弱々しさではなく、切りだされた岩のように、がっちりと黒びかりしていた。その大きな、黒いひび割れた手を見れば、彼が長いラーゲル生活でも、殆んど軽労働の機会に恵まれなかったことが分る。いや、そうした牢獄生活にもかかわらず、彼は一切の妥協を排してきたのだ。今も彼は三百グラムのパンを、みんなのように汚なく散らかっているテーブルの上ではなく、ちゃんと洗濯のきいた布切れの上においているのだ。

しかし、シューホフも長いこと老人を観察している暇はなかった。食べおえると、スプーンをなめてから、長靴の胴へ突込み、帽子を目深《まぶか》にかぶって、立ちあがった。そして、自分とツェーザリのパンを持って、外へ出た。食堂の出口は別の階段になっていて、そこにもやはり二人の当番が突立っている。二人の仕事といえば、鍵《かぎ》をはずして人を通し、また鍵をかけることだけだった。

シューホフは満腹感を味《あじわ》いながら、充《み》ちたりた気分で表へでると、消燈《しょうとう》が迫っていたにもかかわらず、やはりラトビア人のところまでひとっ走りすることに決めた。そして、自分の第九バラックへパンをおきにも帰らず、そのまま、第七バラックのほうへ大股《おおまた》でとんでいった。

月はもうたかくのぼっていた。それはまるで空に浮彫りされたように、くっきりと、澄みきった空に白く輝いていた。星々もそこかしこに、光の強いものだけが瞬《また》いてみえた。しかし、シューホフには空をゆっくり眺めている時間もなかった。ただひとつ、彼にわかったことは、あいかわらず酷寒《マローズ》がつづくということだけだった。民間人から聞いた者の話では、今晩は三十度、明朝は四十度にまで下る見込みと、ラジオの予報は伝えているという。

耳をすますと、遥《はる》かかなたの物音がきこえた。どこかの部落でトラクターが唸《うな》り声をあげ、街道筋ではエクスカベーター（訳注 土掘り機械）が金属音をたてている。また、ラーゲル構内を右往左往している四人たちの長靴が、雪をきしませていく。

風はなかった。

シューホフは、前にも買ったことのあるコップ一ルーブルの自家製タバコを買うつもりだった。同じものが娑婆《しゃば》では、三ルーブルもしていた。いや、品によってはもっと高かった。徒刑ラーゲルではあらゆるものの値段がほかとちがって独特であった。

なぜなら、ここでは金をためることもできないし、持っている者も少額なので、それだけ値打ちがでているのだ。このラーゲルでは労働に対してビタ一文も払わない（ウスチ＝イジマではシューホフも月三十ルーブル貰っていた）。たとえ肉親から金が郵送されてきても、その金は本人には渡らず、個人貯金へくりいれられてしまう。この個人貯金では、月に一回売店で、化粧石けんとか、カビくさい菓子パンとか、巻タバコの『プリマ』が買えるだけ。品物が気にいろうが、気にいるまいが、とにかく申請した分量だけは買わなければならなかった。たとえ買わなくても、金はもどらない。ちゃんと貯金から引いてしまうのだ。

シューホフが金を手にいれるのは内職稼ぎよりほかになかった。切れはむこう持ちでスリッパを縫った場合が二ルーブル、防寒服のつぎあてなら話合いで、というわけだ。

第七バラックは、第九バラックのように、内部が二つにくぎられてはいなかった。第七バラックには長い廊下があり、その廊下に面して十個の部屋があった。各部屋にひとつずつ班が入っていて、なかに七台の上下ベッドがぎっちり押しこまれていた。このほか厠《かわや》とバラック長の部屋が別になっている。いや、画《え》かきたちも個室を貰って暮していた。

シューホフはラトビア人のいる部屋へ入っていった。めざすラトビア人はベッドの下段に横たわり、両の足を横木にかけたまま、隣りの男とラトビア語で何やら話をしていた。

シューホフは彼の横に腰を下ろした。やあ、今晩は。と、相手も足をおろさずに、やあ、今晩は。部屋が小さいので、みんなはすぐ、だれが、なんの用できたのか、と聴き耳をたてる。二人ともそれを百も承知している。だから、シューホフも腰をおろしたまま、すぐにはきりださない。景気はどうだね？　なに、あいかわらずさ。きょうも寒いな。ああ、といった調子だ。

シューホフは、みんながまた自分の話にかえるのを待って（朝鮮戦争をめぐって議論していた。中国が介入したからには、世界大戦になるな、いや、ならぬ、と言い争っていたのだ）、ラトビア人の方にかがみこんだ。

「タバコあるんだろ？」

「あるさ」

「見せてくれ」

ラトビア人は足を横木からはずして、通路に下りたった。このラトビア人はすごいけちん坊で、タバコをコップに入れるときなど、一巻きでも余分にいれやしないかと、いつもおっかなびっくりしているくらいだ。

シューホフにタバコ入れを突きだし、蓋をとってみせた。

シューホフはひとつまみ掌《てのひら》の上にのせてみた。一目でこの前のやつだと分る。茶がかった色で、刻み加減も同じだ。鼻の先で嗅《か》いでみる。やはり、同じものだ。が、ラトビア人にはわざと、

「なんだか、ちがうようだな」

「あれだよ！ 同じやつだよ」と、ラトビア人はむきになる。「おれはほかの品を送って貰《もら》ったことはないんだ。いつだって同じ品さ」

「まあ、いいさ」と、シューホフはおれてでた。「じゃ、コップ一杯押しこんでくれ。喫《す》ってみたうえで、もう一杯貰うかも知れないがね」

彼がわざと「押しこんでくれ」といったのは、相手がいつも軽くふりかけるようにしてつめるからだ。

ラトビア人は、枕《まくら》の下からはじめのものよりたくさんつまっているタバコ入れをもうひとつ取りだし、棚から自分のコップをだした。コップはプラスチック製だったが、シューホフの目にもその大きさは、ふつうのガラス製のと変らなかった。

彼はタバコを入れはじめる。

「おい、もっと押しこんでくれ、押しこんで！」と、シューホフは口にだすばかりでなく、自分でも指をだして、押しこんだ。

「わかってるよ！」と、ラトビア人は怒ったようにコップをひったくり、自分で押しこんだ。もちろん、ずっと、やわらかく。それからまた入れはじめる。

そのあいだシューホフは防寒服の前をあけ、つめ綿の中に、自分ひとりにしかわからないように隠してある紙幣をさぐった。そして、二本の手でそれを少しずつ綿の中でずらしながら、隠し場所とはまるっきり反対側にあいている小さな穴のほうに押していった。その穴は二本の糸で軽くとめてあった。穴のところまでずらしてしまうと、爪《つめ》の先で糸を切り、紙幣をもう一度縦に折ってから（それでなくても、かなり長めに折ってあった）、穴から取りだした。二ルーブル紙幣だ。古くなっているので、パリパリ音などたてない。

部屋の中では大声で怒鳴っている者がある。

「ひげの親爺《おやじ》（訳注　スターリンのあだ名。現在でも一般に広く使われている）がお前らをあわれんでくれるだと！　あいつはな、血をわけた兄弟でも信じようとはしなかった奴《やつ》だぞ。お前らみてえな、どこの馬の骨とも分らねえ野郎を、あわれんでたまるかい！」

徒刑ラーゲルのいいところは――言論の自由が「たらふく」あることだ。ウスチ＝

イジマでは、娑婆じゃマッチがないぜ、と小声でいっただけでも営倉にぶちこまれ、新たに十年の刑期が延長された。ところがここでは、上段ベッドから好き勝手なことをわめいても、密告に出かける者もない。保安部《オペール》も手を振って、取りあってくれないからだ。

ただここではゆっくり話合っている暇がない……

「おい、もうちっとかたくつめてくれよ」と、シューホフはこぼした。

「じゃ、もうひとつやるか！」と、相手はもうひとつまみ上へのせてくれた。

シューホフは内ポケットから自分のタバコ入れを取りだし、その中へコップのタバコをつめかえた。

「よしきた、もう一杯頼む」と、彼はその場でいった。最初の甘い一服をせかせかした気分で喫いたくなかったのだ。

それからまた一悶着《もんちゃく》のすえ、シューホフは二度目の分を自分のタバコ入れにつめ、二ルーブル渡すと、ラトビア人に会釈《えしゃく》して、出ていった。

彼は外へ出ると、またも一目散に、自分のバラックめざして、駈《か》けだしていった。ツェーザリが小包を抱えて戻ってくるところをのがしてはならないからだ。

ところがツェーザリは、もう自分の下段ベッドにもぐりこみ、小包を眺めて、独りほくそえんでいた。送られてきたものはベッドや棚の上に拡《ひろ》げられていたが、そこはシューホフの上段ベッドの仕切板にさえぎられて、電灯のひかりが直接さしこまないので、薄暗かった。

シューホフは身をかがめて、中佐とツェーザリのベッドの間にすべりこみ、晩飯のパンを握った片手をつきだした。

「ツェーザリ・マルコヴィチ、あなたのパンですよ」

彼は『ねえ、受取ったんですか?』とはいわなかった。そんなことをいえば、自分は番を取っておいてやったんだから、当然、分け前を貰う権利がある、とほのめかすことになるからだ。もちろん、その権利があることは百も承知している。しかし、彼はラーゲル暮し八年の今も、まだ卑《いや》しい山犬にはなりさがっていなかった。いや、それどころか、時がたてばたつほど、彼は益々《ますます》しっかりと自分を支えているのだった。

その彼も、自分の眼までは意志通りに服従させることはできなかった。彼の眼、ラーゲルの住人特有のタカのような眼は、一瞬、ベッドと棚の上に拡げられていたツェーザリの小包をとらえ、瞬く間に、そのすべてを見てとってしまった。もっとも、そこにはまだ開いてない紙包もあったし、口のあいていない袋もあった。しかし、シューホフはそのすばやい一瞥と、勘の鋭い嗅覚《きゅうかく》で、心ならずも、ツェーザリが受取った品々をすっかり見抜いてしまっていた。ソーセージ、コンデンス・ミルク、厚い魚の燻製《くんせい》、ベーコン、香りのいい乾パン、別の香りのビスケット、二キロあまりの固型砂糖、このほかクリーム状のものに巻タバコとパイプ・タバコ。いや、これでもまだ全部ではない。

彼はこうした一切のものを、

「ツェーザリ・マルコヴィチ、あなたのパンですよ」

と、声をかけた短い時間に見抜いてしまったのだ。

いっぽう、ツェーザリはまるで酔払ったみたいに落着きを失ってまごまごしていたが（食糧小包を貰うと、だれでもみんなこんな風になる）、さしだされたパンには目もくれなかった。

「けっこうです、イワン・デニーソヴィチ！」

一杯の野菜汁《バランダー》と二百グラムのパン――これは晩飯の完全な一食分だった。そして、もちろん、ツェーザリの小包に対してシューホフの要求できる分け前にもかなっていた。

そこでシューホフはもう、ツェーザリが並べたてているご馳走《ちそう》にあやかろうなどという気持を、きっぱり断ちきった。腹の虫を刺激させるだけで終ってしまうことほど辛《つら》いことはないからだ。

今やシューホフの手もとには、四百グラムのパンと二百グラムのパンがあり、さらにマットレスの中にもたっぷり二百グラムはある勘定だ。さあ、二百グラムはいまかじって、明朝は五百五十グラム食べ、作業へは四百グラム持っていこう。こりゃ、すげえ！　マットレスの中のやつは、もう少しそのままにしておこう。いや、それにしても、シューホフが寸暇を盗んで縫いつけておいたのはよかった。むこうの七五班では、棚のものが盗まれたそうだ。盗まれてしまえば、どんなにわめいても、あとの祭りだ。

こんな意見もあるかも知れぬ。小包を貰った奴なんて宝の袋も同じこと。どんどんせびればいいではないか、と。だが、よく考えてみると、あぶく銭はすぐに消えていく。連中も小包を受けとる前は、一皿の粥《カーシャ》のために、よろこんで内職をやり、吸いさしのタバコのために色目を使っていたのだ。看守、班長はもちろん、小包受領所の連中にもやらずばなるまい。へたをすれば、次の小包の時、わざとどこかへ隠されて、一週間も掲示板に名前が出ぬともかぎらない。倉庫の保管係もいる。明朝さっそくツエーザリも作業へ出る前に小包の品々を袋ごと彼のところへ持っていかねばならぬ（泥棒にあったり、検査で没収されたりしないように。これはおエラ方の命令だ）。彼には十分つかませる必要がある。さもないと、あずけた品をこってりつまみ食いされる怖《おそ》れがある。何しろ、相手は一日じゅう他人《ひと》さまの食糧にかこまれて坐っているネズミなのだから。気を許しては大へん！　また、例えばシューホフのように用事を足してくれる連中もいる。風呂番《ふろばん》もいる。特に上等な下着を出して貰うためには、いくらかはずまねばなるまい。床屋もいる。カミソリをあてるとき紙を使って貰うためには（つまり、いつものように膝《ひざ》でじかにこすらずに、紙でふいて貰うために）、まあ、いいとこ巻タバコの三、四本はやらねばならぬ。それから、文化教育部の係員もいる。手紙を特別扱いして貰ったり、紛失されないように頼むために。さらに、一日仮病で構内にごろごろ残っているためには、医師にも鼻薬を使う必要がある。最後に、同じ戸棚を使っている隣り仲間、例えばツェーザリにとって中佐にあたる人間にも？　もちろんだとも。こちらが幾切れ食べたか勘定できるような人間には、いくらこちらが鉄面皮でも、やらないわけにはいかぬ。

だから、他人の手にする大根はいつも太いと思うような連中は、大いに羨《うらや》むがよい。しかし、シューホフは人生のきびしさを知りぬいている。他人のご馳走を見て、腹の皮をゆるめるような真似《まね》はしない。

彼は靴を脱いで、自分の上段ベッドへもぐりこんだ。手袋から鋸《のこぎり》のかけらを取りだして、じっと眺めた。そうだ、あしたは手ごろな小石をみつけ、この鋸を靴修理用のナイフに研ぎあげよう。朝晩やれば、四日足らずで、刃先のまがった、すばらしいナイフができるだろう。

だが、今のところは、たとえ朝までであろうとも鋸のかけらは隠しておかねばならぬ。仕切板の横のつぎ目の中へでも突込んでおかねばならぬ。幸い今は、下段に中佐がいないので、顔の上へほこりをおとす心配もない。シューホフはカンナ屑《くず》ならぬオガ屑のつまった、どっしり重いマットレスを頭の方からまくりあげ、鋸のかけらを隠しはじめた。

ところがそのとき、上段ベッドの隣人バプテスト信者のアリョーシュカと、通路のむこうのエストニア人の二人組が、こちらへ顔をむけた。しかし、シューホフも彼らのことは心配しなかった。

そこへフェチュコーフがすすり泣きながら、バラックへ入ってきた。背中をまるめ、口のまわりにはべっとりと血がついている。どうやらまた、飯皿がもとで袋叩《ふくろだた》きにあったらしい。だれの方も見ず、自分の泣き顔もかくそうとはしないで、班員たちの前を通りぬけると、上段ベッドへもぐりこんで、マットレスに突伏した。

よくよく考えてみれば、奴も哀れな男だ。とても刑期をつとめあげることはできまい。もう自分で自分を律しきれなくなっているのだ。

そこへ中佐もやってきた。明るい顔をして、特別にいれたお茶の鍋《なべ》を持ってきた。バラックにはお茶をいれた樽《たる》が二個おいてある。しかし、そのお茶といったら！　生あたたかい水に、ちょっぴり色がついているだけで、とてもまともな飲みものじゃない。しかも、腐った樽の湿った臭《にお》いがプンと鼻につく。これが一般囚人用のお茶だ。しかし今、ブイノフスキイは、どうやら、ツェーザリから本ものお茶を一つまみ貰って、鍋に入れ、給湯所までひとっ走りしてきたらしい。すっかりごきげんで、下段の棚にのせながら、

「いや、危うくお湯で指を火傷《やけど》するところでしたよ！」と、自慢している。

下段ではツェーザリが紙をひろげて、その上にひとつ、ふたつと品々を並べている。シューホフはマットレスをもとになおした。その光景が自分に見えないようにして、気が散るのを防いだのだ。だが、またシューホフの手をかりなければ仕事がはかどらないらしい。ツェーザリは通路に身をのばし、まともにシューホフへむかって目くばせをした。

「デニーソヴィチ！　あの……『営倉十昼夜』たのみますよ！」

『営倉十昼夜』というのは、折たたみ式の小さなナイフのことだ。シューホフはやは

りそういうナイフを仕切板の中に隠していた。いや、それは指半分の長さもない、ちっぽけな折りたたみ式ナイフだったが、きれ味だけは天下一品、指五本の厚さのベーコンでもスパッときれた。このナイフもシューホフが自分で組立て、自分で研いだものだ。

彼は隅へもぐりこみ、ナイフを取りだして、渡してやった。ツェーザリはこっくりうなずいて、下へかくれた。

いや、このナイフでも——けっこう稼げる。何しろ、このナイフを持つからには、営倉ゆきも覚悟のうえだから。良心のひとかけらもない男でないかぎり、まさかこんな口はきけまい。「ナイフを頼むよ。ソーセージを切るんだ。なに、貴様にはやらんよ」

こうしてツェーザリはまたシューホフに借りができた。

シューホフはパンとナイフを片づけると、今度はタバコ入れを取りだした。すぐさま、昼間かりたと同じ量だけつまんで、通路ごしに、エストニア人へ返した。さっきは、ありがとうよ。

エストニア人は唇に微笑をもらすと、隣りの兄貴分になにやら呟《つぶや》いた。それから二人はそのひとつまみだけでタバコを一本巻いた。どうやら、シューホフのタバコを吟味するためらしい。

なあに、お前さんの品に劣りやしないよ。まあ、ぞんぶんに、吟味しておくれ！

シューホフも自分で一服つけたかったが、どうも腹時計の具合で察すると、点呼まであといくらもないらしい。ちょうど今ごろは看守たちが各バラックめざして、ぶらぶら歩きだしたところだろう。一服するなら、すぐにも廊下へ出なければならない。だが、シューホフはいま上段ベッドの寝床のなかで、かすかなぬくもりを楽しんでいた。バラックのなかはちっともあたたかくない。天井には例の白いクモの巣、霜氷が張っている。夜中になれば震えがとまるまい。だが、今のところはなんとかしのげそうだ。

シューホフは寝床に残ったまま、二百グラムのパンを少しずつちぎりはじめた。が、そうしている間も、自分の下で、中佐とツェーザリがお茶を飲みながら、おしゃべりをしているのが、いやでも耳に入ってきた。

「さあ、中佐、食べてください。さあ、どうぞ。いや、遠慮はいらんですよ！　この魚の燻製、どうですか。さあ、ソーセージもご自由に」

「ええ、ありがとう。いただきます」

「その棒パン《バトン》にはバターをこってりぬって下さいよ！　何しろ、モスクワの本場のやつですから」

「いやはや、全くうそみたいな話ですな。今どきまだ棒《バトン》パンを焼いてるところがあるなんて。いや、いきなりこんなご馳走を目の前にすると、私はひとつ想《おも》いだすことがあるんですよ。むかし、アルハンゲリスクへいったとき……」

バラックを半分に仕切った大きな部屋の中では、二百人の声が騒々しくどよめいていた。それでもやはりシューホフはレールを叩く音を聴き逃さなかった。しかし、彼のほかにはだれも耳にしなかった。さらにシューホフは、バラックの中へ看守のクルノセンキイが入ってきたことにも気づいた。血色のいい小柄な若者だ。手には一枚の紙切れを持っていた。その紙切れと彼の様子から、彼がやってきたのは喫煙者を捕えるためでも、点呼へ追いたてるためでもなく、だれかを探すためであることがひと目でそれと分った。

クルノセンキイは紙切れに目をおとしてから、たずねた。

「一〇四班はどこだ?」

「ここです」と、だれかが返事をした。エストニア人の二人組は、あわててタバコをかくすと、煙を吹きちらしていた。

「じゃ、班長はどこだ?」

「なんです?」と、チューリンは足を床へおろしながら、ベッドから答えた。

「始末書を提出するようにいわれた者はもう書いてしまったか？」

「いま書いております！」と、チューリンは念を押すように答えた。

「もっと早く提出しなければだめじゃないか」

「わが班には、教育のない者がいて、それが中々むずかしいんです。（これがツェーザリと中佐のことだからおどろく。いや、班長も大した度胸だ。決して弁明につまることはない。）ペンもなければ、インキもありません」

「備えとけばいいじゃないか」

「没収されてしまいます」

「おい、班長。いいか、あんまりつべこべいうと、貴様もぶちこんでしまうぞ！」と、クルノセンキイは軽くたしなめた。「始末書は明朝、作業出発前に看守室へ届けておけ！　それから、禁制品はすべて私物保管倉庫へ持っていくように伝えておけ。わかったな？」

「わかりました」

（《中佐もたすかってよかった》と、一瞬、シューホフは思った。が、当の中佐はそんなことも知らずに、ソーセージに武者ぶりついている。）

「さて、今度は」と、看守はいった。「Ш《シチヤー》三一一番、お前の班にそういう奴がいるか？」

「名簿を見ないことには」と、班長は言葉をにごした。「番号なんて、胸糞《むなくそ》わるくて、いちいち憶《おぼ》えちゃいられませんよ」（班長はわざと時間をかせいでいるのだ。せめて一晩でもブイノフスキイを助けてやりたい。それには点呼までねばればいいのだ。）

「ブイノフスキイだ――いるか？」

「はあ？　私です」と、中佐は、シューホフのベッドの下の隠れ家から答えた。

すばしこいシラミに限って、いつも真っ先に、櫛《くし》にひっかかるというものだ。

「貴様か？　よし、わかった。Ш《シチャー》三一一番。早く支度しろ」

「どこへです？」

「自分で考えてみろ」

中佐はふっと溜《た》め息をつき、喉《のど》をならしただけだった。しかし、中佐には荒れ狂うあらしの晩に水雷艦隊を指揮するほうが、この友情あふれる会話を打ちきって、氷の独房へむかうよりもずっと楽だったにちがいない。

「何昼夜です？」と、中佐は声を落して、たずねた。

「十昼夜だ。おい、さっさとしねえか！」

ちょうどそのとき、当番が怒鳴りだした。

「点呼だ！　点呼だ！　点呼にでろ！」

この叫び声は、点呼をとりにきた看守がもうバラックの中へきていることを意味していた。

ジャケツを持っていくか？　と、中佐はうしろを振りかえった。いや、営倉ではジャケツを取りあげてしまい、防寒服だけしか認めないのだ。じゃ、このままでいこう。中佐はヴォルコヴォイが忘れてしまうことを期待して（とんでもない、ヴォルコヴォイはだれに対しても決して忘れたりはしない）、なんの用意もしていなかった。いや、防寒服の中へタバコを隠すことすら忘れていた。だが、手に持っていったのでは意味がない。身体検査ですぐに没収されてしまう。

それでも彼が帽子をかぶるすきを狙《ねら》って、ツェーザリは巻タバコを二本そっと手渡した。

「それじゃ、諸君、いってきます」と、中佐は放心した面持ちで、一〇四班の連中にうなずくと、看守のあとについていった。

その後ろ姿に数人の者が声をかけた。がんばれよ。気をおとすんじゃないぞ。いや、それ以上なにがいえたであろう？　一〇四班の連中は、自分の手で監獄《プール》を建てたのだ。だから、そこがどんなところか知りぬいている。あそこの壁は石、床はセメント張り、ひとつの小窓もない。ペーチカを焚《た》いても、壁の氷を融《と》かして、床に水たまりをつくるだけ。寝床はむきだしの板切れ。もし歯が抜けおちなければ、一日に三百グラムのパン。野菜汁《バランダー》が貰《もら》えるのは三日目、六日目、九日目の三日だけ。

これが十昼夜！　この独房に十昼夜、重営倉で最後までぶちこまれていれば、もう死ぬまで健康は回復しないという。結核のとりことなって、病院を抜けだすことはできないのだ。

また、十五昼夜、重営倉でぶちこまれていれば――もう冷たい大地に眠るばかり。せめてバラックで暮せるうちは――神のお慈悲を感謝して、不幸な目にあわぬよう。

「おい、さっさと出ろ。三つ数えるぞ！」と、バラック長が叫んだ。「三つ数えるうちに出ないやつは、番号を控えて、看守さんに渡しちまうぞ！」

バラック長――これは古狸《ふるだぬき》の悪党だ。とにかく、自分もこちらといっしょに一晩中バラックに閉じこめられているくせに、自分じゃおエラ方のつもりで、怖いもの知らずときている。逆に、だれでも奴《やつ》のことを怖がっている。奴は他のものを看守に売ることもすれば、自分で相手の鼻面《はなづら》をなぐることもする。けんかで指一本とられているので、不具者ということになっているが、面構えのほうはどうみてもお尋ね者というところだ。いや、事実、奴はお尋ね者、つまり、刑事犯だった。ところが、どういう風の吹きまわしか、奴には刑法第五十八条十四項が適用されたので、このラーゲルへほうりこまれてしまったのだ。

いや、直ちに紙切れに番号を書きとめ、看守へ渡すことぐらい、奴には朝飯前の仕事だ。そんなことになったら、労働営倉二昼夜は間違いない。いつもはゆっくり戸口へ出ていくのだが、今はどっとばかり一度に殺到した。上段ベッドからも熊《くま》のようにとびおりて、みんなは狭い戸口へとんでいく。

シューホフは、やっと巻きあげた待望のタバコを手にしたまま、巧みに床へとびおり、両足をフェルト長靴へ突込むと、そのまま駈《か》けだそうとした。が、その一瞬、ツェーザリのことが可哀そうになった。いや、ツェーザリに恩を売ろうなどという気はなかった。ただ心から可哀そうになったのだ。それにしても、ツェーザリという男もこまったものだ。自分のことばかり考えていて、世の中のことはこれっぽちも分っちゃいない。早い話、小包を受取ったら、それを眺めて悦に入っているひまに、さっさと点呼前に保管所へ運ばなければいけないのだ。食べるのは、いくらでも延ばせられる。この期《ご》に及んで、ツェーザリは小包をどうするのか？　でっかい袋をかついで点呼に出る気か？　冗談じゃない！　五百の口から笑われるだけだ。じゃ、ここにおいていくか？　ばかな！　そんなことをしたら、なにが起るか分らない。点呼から一番のりでバラックへ帰ってくる者が、きれいにさらってしまうだろう。(ウスチ＝イジマにはもっと残酷な掟《おきて》があった。作業から戻ってみると、悪党どもが先まわりして、戸棚の品物をきれいさっぱり失敬していた。)

シューホフが振りかえると、ツェーザリはあわてふためいて、四苦八苦していたが、もうおそい。ソーセージとベーコンを防寒服の下に突込んでいる。せめてそれだけでも点呼に持っていって、助けようという魂胆《こんたん》だ。

シューホフは同情して、智恵《ちえ》をかした。

「いちばんしんがりまで残ってりゃいいですよ、ツェーザリ・マルコヴィチ。ほら、そこんとこの陰にかくれて。いちばんしんがりになるまで。そして、看守が当番を連れて巡察をはじめたら、どうせ隅々までのぞくにきまってますから、出てくるんですよ。病気だ、といってね！　なに、わしは一番でとび出して、一番で戻ってきますよ。それじゃ、いいですね……」

そういって、とび出していった。

はじめシューホフは猛烈な勢いで人垣を押しわけていった(それでも、巻きタバコは大事に握りしめていた)が、バラックの二部屋に共通の廊下へ出て、戸口へ近づいたときには、もう行く手にはだれもいなかった。いや、前をいく連中はそれ以上進もうとはせず——いや、まったくずる賢い連中だ！——左右の壁に二列ずつぴったりくっつき、その間をひとりの人間が通れるだけの道をあけていた。さあ、酷寒《マローズ》の外へ、出たいお方はどうぞお先へ。おれたちはここで一休みといくからな。でなくても、きょうは一日、酷寒《マローズ》の中で凍えていたんだ。それを今更、十分も余計に凍える馬鹿《ばか》がいるものか？　おれたちもそれほど馬鹿じゃねえぜ。きょうくたばる奴がいるのなら、せめてあすまで生きのびたいね！

これが別の時なら、シューホフも壁にへばりついたにちがいない。ところが今は大股《おおまた》でどんどん出口へむかい、歯をむきだして怒鳴るさわぎだ。

「弱虫め、なにをビクビクしているんだ？　シベリアの酷寒《マローズ》を知らねえのかよ？　さあ、狼《おおかみ》のお天道《てんと》さんにあたろうじゃねえか！　よう、よう、おっさん、火を貸してくれ！」

戸口でタバコに火をつけ、階段口に出ていった。《狼のお天道《てんと》さん》——シューホフの田舎では時どき月のことを冗談にこう呼んでいるのだ。

月は高く昇っていた。もう中天に達するまでいくらもない！　白い空は、いくらかみどり色をおび、明るい星がまばらだった。純白の雪がキラキラ輝き、バラックの壁も白かった。構内灯も薄れてみえる。

むこうのバラックの前でも、黒い人影が濃くなっていく。整列するために出てきたのだ。もうひとつのバラックの前でも同じこと。しかし、どのバラックからもあまり話し声はきこえない。雪のきしむ音がするばかりだ。

五人の人間が階段をおりて、扉に面して突立った。さらに、その後を三人がつづいた。その三人のなかにシューホフもいた。パンをかじり、タバコをくわえながらだと、ここにいても平気だ。いいタバコだ。ラトビア人はうそをつかなかった。強いし、香りもいい。

すこしずつ人がまた戸口から出てくる。シューホフのうしろにももう二、三列並んでいた。先に出てきた連中は、えらく憤激している。あの野郎ども、なんだって壁にへばりついてるんだ？　ちっとも出てこねえな。あんな奴らのかわりに凍死してたまるか。

囚人のだれひとりとして一度も時計を見たことがない。もっとも、時計なんか用はないのだ。囚人たちがぜひとも知っておかなければならないのはこんなことだ。起床はじきか？　集合までどのくらい？　昼飯までは？　消燈《しょうとう》までは？

それでも、みんなは夜の点呼は九時だといっている。もっともそれが九時に終ったことは一度もない。二回、いや、時には三回も人員の点検が行なわれるからだ。先《ま》ず十時前には終らない。それで翌日は五時起床とくる。きょうモルダビア人が作業引揚げ前に寝こんでしまったのも不思議はない。囚人は体があたたまるところなら、どこであろうとすぐ眠りにおちる。一週間のあいだにはこの睡眠不足がかなりたまってしまうので、作業にかりたてられない日曜日には、どのバラックでもみんなぐっすり眠っている。

「やい、さっさとおりてこい！　囚人ども、階段からおりてこい！」これはバラック長と看守が、連中の尻《しり》を叩《たた》いているのだ！　まったく、畜生のような野郎だ！

「なんだと？」と、前のほうの連中も怒鳴りかえした。「貴様ら、なにをそこでぐずぐずしてるんだ？　糞でクリームでもつくろうってのか？　早いとこ出てくりゃ――もう勘定だって終ってたのによォ」

バラックの全員が外へ出てきた。ひとつのバラックに四百人。つまり、五人ずつ並んで八十列。みんなは後尾へついた。だから、前のほうはきちんと五列だが、後のほうはでたらめだ。

「おい、後尾、ちゃんと整列しろ！」と、バラック長が階段の上から大声を張りあげている。

虫けらめ、とても整列するどころじゃない！

戸口からツェーザリが姿をみせた。病人のふりをして、体をちぢめている。彼につづいて、バラックの双方の部屋の当番が二人ずつともう一人びっこが出てきた。この連中が最前列へ並んだので、シューホフは三列目になった。が、ツェーザリは最後尾に追っぱらわれた。

看守も階段の上へ姿をみせた。

「五列に並ばんか！」と、後尾にむかって叫んでいる。でかい声だ。

「五列に並ばんか！」と、バラック長も怒鳴る。こちらの声のほうがもっとばかでかい。

虫けらめ、まだ整列できんのか。

バラック長はさっと階段を駈けおりると、後尾へとんでいき、声を限りに怒鳴ったり、背中をこづいたりしている！

しかし、どうだろう。なぐられているのはおとなしい連中ばかりだ。

やっと整列できる。すぐとって返す。そして今度は看守といっしょに、

「一列！　二列！　三列！……」

呼びあげられた列は、たちまち、一目散にバラックへ駈けこんでいく。きょうはこれでもうおエラ方にも借りはないんだ！

いや、借りがないというのは、二度目の点呼がなかった場合のことだ。それにしても、この穀つぶしどもはおめでたい野郎ばかりだ。その数え方といったら、そこらの牧童よりひどいときている。文字のよめない牧童の小僧ッ子でも、牛の群を追いながら、仔牛《こうし》が全部いるかいないかぐらい、ちゃんと知っている。だが、ここの連中ときたら、いくら訓練しても、もとのもくあみだ。

去年の冬、このラーゲルには一台の乾燥台もなかった。靴は一晩中バラックの中に置きっぱなしだった。そこで二回、三回、四回と点呼のたびに表へ追いだされた。時にはもう着物もきずに、毛布にくるまって出たこともあった。今年から全員が乾《ほ》せるとまではいかなかったが、とにかく乾燥台が設備された。しかし、とにかく、二日おきの三日目には各班にフェルト長靴を乾かす順番がまわってくる。それ以来、二回目の点呼はバラックのなかで行なわれるようになった。バラックのなかをこちら側からあちらへと追いたてられるのだ。

シューホフがバラックへ駈けこんだのは、一番のりとまではいかなかったが、先頭の者から目をはなしてはいなかった。先ずツェーザリのベッドまでとんでいって、腰をおろした。長靴を脱ぐと、ペーチカのそばのベッドへ這《は》いあがり、そこから自分の長靴をペーチカの上へつるした。そこはだれでも早い者が占領する場所だ。それからすぐ、ツェーザリのベッドへとってかえした。その場に足をちぢめて坐《すわ》りこむと、ツェーザリの袋が枕《まくら》の下から盗まれないように片目で見張り、もう一方の眼では、ペーチカに押しかけた連中が自分の長靴をどけやしないかと警戒している。

「おい、おい！」と、やっぱり怒鳴らないわけにはいかなかった。「そこの人蔘《にんじん》野郎！　長靴で一発その面にお見舞されてえのか？　貴様のをおくのは勝手だが、ひとさまのものに手をつけるな」

四人たちは次々に駈けこんでくる。二〇班では怒鳴っている。

「長靴を出してくれェ！」

長靴を乾燥台へ運ぶ連中がバラックから追いだされると、すぐにバラックには鍵《かぎ》がおろされてしまう。やがてまた駈け戻ってくると、

「隊長さん！　バラックへ通してくれよォ！」というわけだ。

いっぽう、看守たちはもうラーゲル本部へ集合して、それぞれの板の上で計算をやっている。逃亡者はいないか。全員異状なかったか。

さあ、きょうのシューホフにはもうそんなことは関係ない。やっとツェーザリも、ベッドの間をぬって、自分の場所へ戻ってきた。

「やあ、ありがとう、イワン・デニーソヴィチ！」

シューホフはこっくりうなずくと、たちまち、リスのように上段ベッドへもぐりこんだ。二百グラムの残りを食べてもいい。タバコをもう一本巻いてもいい。いや、そのまま眠ってしまってもいいのだ。

ただ、きょうはすばらしい一日だったと浮きうきした気分になったシューホフは、このまま眠ってしまうのも惜しいような気がした。

シューホフの寝支度は簡単だった。黒っぽい毛布をマットレスからはがし、そのマットレスの上に横になるだけだ。(敷布の上には、たしか四一年に家を出て以来、シューホフは一度も寝たことがなかった。いや、今の彼には、女房どもが洗濯の手間を余計にかけて、敷布にかかずりあっているのが、ふしぎな気がするくらいだ。) 頭はカンナ屑《くず》をつめた枕にのせ、両の足は防寒服へ突込み、毛布の上にジャケツをひっかける。そして、主よ、おかげさまで、また一日がくれました!

営倉にも入れられず、またここで眠れることを感謝します。

シューホフは頭を窓へむけて横になった。仕切板のむこうに、シューホフと同じ上段ベッドに寝ているアリョーシュカは頭をむこうにむけている。それは電灯のひかりの加減だ。また福音書を読んでいるのだ。

電灯は二人のところからそう遠くなかった。字も読めたし、縫い物をすることもできた。

アリョーシュカは、シューホフが声にだして神をたたえたのをききつけて、こちらをむいた。

「ほれ、ごらんなさい。イワン・デニーソヴィチ。あんたの魂は神さまにお祈りしたがってるんですよ。なぜそうさせてあげないんです、ねえ？」

シューホフはアリョーシュカのほうをチラッと横目でみた。その眼は、まるで二本のろうそくのように、しずかに燃えている。ふっと溜《た》め息がもれた。

「だって、アリョーシュカ。お祈りってやつは、陳情書みてえに、届かなかったり、《陳情却下》ってこともあるからな」

ラーゲル本部の前には、ちゃんと封印された陳情箱が四つおいてある。月に一度、中身は保安部の将校によって空《から》にされる。大勢の連中がこの箱へ陳情書を投げいれている。そして、指折りかぞえて、待っている。あと二月したら、いや、一月もしたら、返事があるだろう。

しかし、返事はない。あっても《却下》だ。

「それはね、イワン・デニーソヴィチ。あんたがたまにしか、それもいい加減に不熱心にお祈りするからですよ。ええ、そんなお祈りだから、願いごともかなえられないんです。お祈りというものは絶えずしていなければ！　もしあんたが信仰をお持ちになれば、山にむかって動け！　といわれれば、山だって動いていきますとも」

シューホフはニヤッと笑って、もう一本タバコを巻き、エストニア人に火をかりた。

「なあ、アリョーシュカ、でたらめな話はやめなよ。山が動くなんて、見たこともねえな。いや、白状すりゃ、おれは山ってものもまだこの眼で見たことはないがね。それじゃ、お前さんが仲間のバプテスト・クラブの連中といっしょにコーカサスへいってお祈りしたとき、せめて一《ひと》山ぐらいは動いたかね？」

やはり、この連中も可哀そうだ。神に祈っていただけで、だれのじゃまもしなかったのに、だれかれの別なく、みんな二十五年をくらったのだ。それも今は、刑期といえば二十五年しかないからだった。

「でも、そんなお祈りはしなかったんですからね、デニーソヴィチ」と、アリョーシュカは説得にかかった。福音書を持って、シューホフのすぐ目の前まで這いよってきた。「とにかく、この世の、はかないものについては、ただ日々の糧《かて》についてだけ祈れと神さまは教えていられるので。『われらの日常の糧をきょうも与えたまえ！』とね」

「配給のパンのことだな？」と、シューホフはたずねた。

しかし、アリョーシュカはねばりづよい。今はもう口で説教するよりも、眼で説き伏せようとしている。いや、遂《つい》には相手の手を握りしめて、軽く撫《な》でまわす。

「イワン・デニーソヴィチ！　お祈りというものは、小包を送ってほしいとか、野菜汁《バランダー》をもう一杯余分に貰《もら》いたいとか、そんなことをお願いするものじゃありません。人間にはすばらしいものでも、神さまのお目には卑《いや》しいことなんですから！　精神的なことをお祈りしなければいけないんですよ、主が私どもの心から怒りのおりをとりのぞいて下さるようにと……」

「じゃ、おれのいうこともきいてくれ。おれたちのポロムニャの教会では坊主《ぼうず》が……」

「あんたの坊さんのことなど――聞きたくありません！」と、アリョーシュカは哀願するようにいうと、痛みでもするのか、額にしわまでよせた。

「まあ、そういわずにきいてくれ」と、シューホフは肘《ひじ》をついて身をおこした。「ポロムニャの、おらの教区じゃ、坊主が一番の金持ちでな。まあ、早い話、屋根ひとつふくにしても、ふつうの連中からは一日に三十五ルーブルの手間を貰ってたが、坊主からは百ルーブル取ったものさ。いや、それが文句ひとついわねえんだ。そのポロムニャの坊主ときたら、三つの町に三人の女がいて、それぞれに養育費を払っているんだが、てめえは四人目の女と世帯持ってるのさ。州の主教だって奴《やっこ》さんにかかっちゃどうにもならねえのさ。そりゃ、主教にはたんまりつかませてたんだろうよ。いや、いくらほかの坊主が派遣されてきても、みんな追っぱらっちまってな。そりゃ、稼ぎをへずられたくなかったんだろうが……」

「なぜそんな坊さんのことを私にいうんです？　正教の教会は福音書の教えに背いているんですよ。あの人たちがぶちこまれないのも、しっかりした信仰じゃないからですよ」

シューホフはタバコのけむりを吐きながら、アリョーシュカの興奮ぶりを、落着いて眺めていた。

「なあ、アリョーシャ」と彼は、バプテスト信者の顔にけむりを吹きかけて、その手を払いのけた。「おれだって神さまには反対じゃねえんだ。よろこんで神さまを信じてえくらいだ。だけど、天国とか地獄だけは信じねえな。でも、なんだっておれたちを馬鹿者《ばかもの》扱いするんだ、天国だ、地獄だとご託をならべて？　そこんとこだけは気にくわねえな」

シューホフはまた仰向けになった。そして、中佐の荷物を焦《こが》さないように気を使いながら、頭のうしろの、ベッドと窓の間に灰をおとした。もう自分の物思いに耽《ふけ》りだした彼の耳には、アリョーシュカがなにを呟《つぶや》いているのか聞えなかった。

「結局のところ」と、彼は独りぎめした。「いくら祈ってみたところで、この刑期は短くなりゃしねえんだ。とにかく、『はじめから終りまで』入っていなくちゃならねえんだ」

「いいえ、そんなことを祈っちゃいけません！」と、アリョーシュカは声を震わせた。「自由がなんです？　自由の身になればあんたのひとかけらの信仰まで、たちまち、いばらのつるで枯されてしまいますよ！　いや、あんたは監獄にいることを、かえって喜ぶべきなんですよ！　ここにいれば魂について考える時があるじゃありませんか！　使徒パウロはこう申されました、『汝《なんじ》ら、なんぞ嘆きてわが心をくじくや？　われ、主イエスの名のためには、ただに縛らるるのみならず、死ぬるもまた甘んずるところなり！』とね」

シューホフは黙って天井を見つめていた。もう自分でも、自由の身を望んでいるのかどうか、分らなかった。はじめのころは激しく望んでいた。毎晩のように、刑期は何日すぎて、何日残っているかと、数えたものだ。が、やがてそれも飽きてしまった。それに、そのうちに、刑期が終っても家へは帰されず、流刑になることが分ってきた。それに、流刑地とここでは、どちらのほうが暮しやすいのか、それすら分らなかった。

自由の身になりたかったのは、ただ家へ帰りたい一心からだった。

ところが、その家へ帰してはくれないのだ……。

アリョーシュカは嘘《うそ》をついているわけではない。その声をきいても、目をみても、彼が牢獄《ろうごく》生活を喜んでいることははっきりわかる。

「なあ、アリョーシュカ」と、シューホフは彼に弁解した。「お前さんの場合は、どうやら、うまい具合にいってるらしいな。だってキリストは、お前さんに入ってるようにに命じたわけだし、お前さんはお前さんでキリストのかわりに入ってるんだからな。じゃ、このおれはなんのために入ってるんだい？ 四一年にいくさの用意ができていなかったためかね、え、そのためかね？ そんなことおれになんの関係がある？」

「どうやら、二回目の点呼はねえらしいな……」と、キルガスは自分のベッドから呟いた。

「そうだなあ！」と、シューホフは相槌《あいづち》をうった。「こりゃ煙突の中に炭で書いとかなくちゃ。二回目の点呼なし、ってな」そういって、あくびをした。「きっと、寝ちまったんだろう」

ところが、そのとき、静まりかえったバラックのなかに、外扉のかんぬきをガタガタさせる音が聞えた。廊下から、長靴を運びにいった二人がとびこんできて、大声で怒鳴った。

「二回目の点呼だぞ！」

するとと看守もそれにつづいて叫んだ。

「むこう側へ出ろ！」

いや、もう眠っている者もいた！　ぶつぶついいながら、体をおこし、フェルト長靴へ足を突込んでいる。（綿入れズボンを脱いでいる者はひとりもいない。毛布だけだと足がかじかんで、寝つかれないのだ。）

「ちぇッ、忌々《いまいま》しい！」と、シューホフは当りちらした。しかし、それほど腹をたてているわけではない。とにかく、まだ寝ついていなかったのだから。

ツェーザリが上段へ手をのばして、ビスケットを二枚、砂糖を二かけら、ソーセージを一切れ、差しいれてくれた。

「ありがとう、ツェーザリ・マルコヴィチ」と、シューホフは、下の通路のほうへ身をかがめて、いった。「さあ、あんたの袋をこの上へかして下さい。このマットレスの下へいれときゃ、大丈夫だから」（上段なら通りがかりにちょいとかっぱらうわけにはいかない。それに、シューホフのところなんかのぞくばかもない。）

ツェーザリは、口をしめた白い袋を上段のシューホフに手渡した。シューホフはそれをマットレスの下へ隠すと、激しく追いたてられるまで、なおしばらくじっとその場にいた。廊下の床の上にはだしで立っている時間をすこしでも短くしようとしたのだ。しかし、看守は歯をむいて、怒鳴った。

「おい、そこにいる奴《やつ》！　その隅だ！」

やっとシューホフもはだしのまま、さっと、身軽に床の上へとびおりた。（彼の長靴と脚絆《きゃはん》がそれはうまい具合にペーチカの上にのっていたので、取りはずすのが惜しかったのだ。）

彼はこれまでずいぶんスリッパを縫ってきたが、いつも他人のためばかりで、自分のは持っていなかった。いや、彼はもうなれっこになっている。それに、ちょっとの間のことだ。

昼間みつかれば、このスリッパも没収されるのだ。

長靴を乾燥台へ運んでしまった班の連中も、今のように部屋のなかなら、平気なものだ。スリッパをはいている者、脚絆だけ巻いている者、はだしの者と、まちまちだ。

「さあ、早くしろ！」と、看守はわめいている。

「やい、このろくでなしめ！」と、バラック長もやはり怒鳴っている。

全員がむこう側の部屋へいれられ、おくれた者は廊下へ追いだされた。シューホフも壁ぎわの、糞桶《くそおけ》に近いところに突立っていた。足もとの床はじめじめしており、戸口の下からは氷のような風が吹きこんでいた。

全員を追いだしてしまうと、看守とバラック長の二人は、だれか隠れている者はいないか、暗がりで寝こんでいる者はいないか、と、もう一度見廻りにでかけた。なぜなら、員数がひとつでもあわなかったら、大変だからだ。またぞろ点呼ではかなわない。ぐるぐると見廻ってから、戸口へ戻ってきた。

「一番、二番、三番、四番……」と、もう今度は一人ずつ入れていった。シューホフも十八番目にもぐりこんだ。そしてたちまち、駈《か》け足で自分のベッドへ戻ると、足場に片足をかけて、パッと上段へ躍りこんだ。

やれやれ。両の足をまた防寒服の裾《すそ》へ突込み、上に毛布をかけ、そのまた上にジャケツをかけ、あとは寝るだけだ！　今度はバラックのむこう側の連中がこちらへ追いたてられる番だ。だが、もうそんなことはこちらの連中にはなんの関係もないことだ。

ツェーザリが戻ってきた。シューホフは彼に袋を下ろしてやった。

アリョーシュカも戻ってきた。お人好《ひとよ》しというのか、みんなをよろこばせているだけで、自分では内職稼ぎひとつできない。

「さあ、食べなよ、アリョーシュカ！」と、彼はビスケットを一枚やった。

アリョーシュカはにっこりする。

「ありがとう！　でも、自分の分はあるんですか？」

「食べろったら！」

おれたちはなくなったら、またいつものように、稼げばいいのさ。

そして自分では、一切れのソーセージを口の中へほうりこむ！　歯でかみしめる！　歯で！　ああ、肉のかおり！　ほんものの、肉の汁！　それが今、腹の中へ、入っていく。

それで、ソーセージはおわり。

あとはあすの朝にとっておこう。そうシューホフはきめた。

そして、薄っぺらな、汚ならしい毛布をすっぽり頭の上からかぶった。と、間もなくベッドの間には、点呼を待つむこう側の囚人たちがいっぱいにひしめきあってきたが、彼はもうそのもの音に耳をかそうともしなかった。

シューホフは、すっかり満ちたりた気持で眠りに落ちた。きょう一日、彼はすごく幸運だった。営倉へもぶちこまれなかった。自分の班が《社生団》へもまわされなかった。昼飯のときはうまく粥《カーシャ》をごまかせた。班長はパーセント計算をうまくやってくれた。楽しくブロック積みができた。鋸《のこぎり》のかけらも身体検査で見つからなかった。晩にはツェーザリに稼がせてもらった。タバコも買えた。どうやら、病気にもならずにすんだ。

一日が、すこしも憂うつなところのない、ほとんど幸せとさえいえる一日がすぎ去ったのだ。

こんな日が、彼の刑期のはじめから終りまでに、三千六百五十三日あった。閏年《うるうどし》のために、三日のおまけがついたのだ……

解説

木村浩

ソルジェニーツィン 人と作品

ソルジェニーツィンは、今や単に最も才能ある現代ロシア作家というばかりでなく、現代世界文学の最も優《すぐ》れた代表者として、常に全世界的な注目を集めている数少ない作家の一人である。しかも彼が世界の読者の前にあらわれたのは今から僅《わず》か十年前、一九六二年十一月『イワン・デニーソヴィチの一日』で彗星《すいせい》のごとくソ連文壇へデビューして以来のことである。それまでは全く無名の、というよりも現実に作家として存在していなかったのである。それが一九七〇年にはノーベル文学賞を受け、名実ともに世界的な文豪としての栄誉を担《にな》ったのであるが、本国ソビエトではすでに一九六六年から作品発表ができなくなっており、ノーベル文学賞の前年にはソ連作家同盟からも除名されていたのである。

これほど本国で迫害されながら、しかも真摯《しんし》な執筆活動をつづけている現代作家も珍しいが、彼は自己を語ることが稀《まれ》で、しかも本国ソビエトでの否定的評価のゆえに、作家アレクサンドル・イサエヴィチ・ソルジェニーツィンの伝記的事実はあまりくわしく公表されていない。しかし、一九七〇年度ノーベル文学賞が決定したとき、本人がスウェーデン・アカデミーに送付した短い『自伝』があるので、まずそれを紹介しておこう。

自伝

私は一九一八年十二月十一日、キスロヴォツクに生れた。父はモスクワ大学文学部の学生であったが、一九一四年の戦いに義勇兵として出征したので、学業を終えることができなかった。彼はドイツ戦線で砲兵士官となり、戦いの全期間を通じて前線で過し、一九一八年の夏に死んだ。私の誕生する半年前のことである。私は母によって育てられた。彼女はドン河畔のロストフ市（ロストフ・ナ・ドヌー）でタイピスト兼速記者として働き、私はそこで少年・青年時代を過した。一九三六年にそこの中学校を卒業した。少年時代から私はものを書くことに惹《ひ》かれ、若気の至りともいうべき下らないことをたくさん書き散らかしたが、これは誰からも鼓吹されたものではなかった。三〇年代にはそれらを印刷してもらおうと試みたが、私の原稿はどこでも採用されなかった。

私は文学教育を受けることを望んだが、ロストフには私の希望するような学校はなかったし、モスクワへ上京することは病身の母を独《ひと》りのこすことでもあり、わが家のつましい家計からもそれは不可能であった。そのために私はロストフ大学の数学科へ入学した。私には数学の優れた才能があり、数学は得手だったからである。もっとも、私は一生数学に打ちこむつもりはなかった。しかし、数学は私の運命においてきわめて好ましい役割を演じた。少なくともこれまでに二度、数学は私の生命を救ってくれた。すなわち、私は数学者としていわゆる《特殊収容所《シャラーシカ》》に四年間過すことがなかったら、きっと、八年間のラーゲル生活を耐えぬくことはできなかったであろう。また、追放中も私は数学と物理を教えることを許されたが、そのために私の生活は楽になり、ものを書くことができた。もしも私が文学教育を受けたのであったら、私はこれまでの試練のなかでとても生きのびることはできなかったにちがいない。私はもっときびしい拘束を蒙《こうむ》ったであろう。たしかに、私はその後、文学をも専攻した。一九三九年から一九四一年にかけて、物理・数学と並行して、モスクワ歴史・哲学・文学高等専門学校の通信学部に学んだからである。

一九四一年、今次大戦の始まる数日前に、私はロストフ大学の物理・数学部を卒業した。戦争の勃発《ぼっぱつ》とともに、私は健康が優れなかったために輜重隊《しちょうたい》へ編入され、一九四一年から四二年にかけての冬を過し、その後またもや数学のおかげで砲兵学校へ転属となり、一九四二年十月にその短縮課程を終えた。それ以来、私は偵察砲兵中隊長に任ぜられ、一九四五年二月に逮捕されるまで、一度も第一線を離れることなく、ずっとこの任務を遂行した。逮捕されたのは東プロシャであったが、そこは私の運命と奇妙な縁で結ばれていた。すなわち、私はすでに一九三七年、大学一年のとき、一九一四年東プロシャにおける『サムソーノフの破局』を論文テーマに選び、その資料を研究していたのであるが、一九四五年にその土地を自分の足で踏みしめたからである。(ちょうど今、一九七〇年秋、この『一九一四年八月』は書きあがった)

私が逮捕されたのは、一九四四年から四五年にかけて小学校時代の友人との文通が検閲にひっかかったためである。その主たる理由は私たちが匿名《とくめい》を用いて書いたにもかかわらず、スターリンについて不用意な言及をしたためであった。《起訴状》の追加資料となったものは、私の野戦カバンから発見された短編の草稿と感想であった。しかしながら、それらの資料はなお《法廷》を開くためには不足であったので、一九四五年七月、私は当時広く用いられていた欠席裁判という方法により、OSO(NKVDの特別会議)の決定により、懲役《ラーゲル》八年を宣告された。(これは当時として、寛大な

判決と考えられていた）

この判決を私ははじめ矯正労働収容所（戯曲『鹿《しか》とラーゲルの女』で描いた）で勤めはじめた。その後一九四六年、数学者としてそこからMVD＝MGBの科学研究所の一つに移され、その《特殊刑務所》（『煉獄《れんごく》のなかで』）において自分の刑期のなかばを過した。一九五〇年、当時あらたに創設された政治犯だけの特別収容所へ送られた。カザフスタンのエキバストゥーゼ市にあるこの収容所（『イワン・デニーソヴィチの一日』）において、雑役工、石工、鋳工《ちゅうこう》として働いた。そこにいるとき私には癌腫《がんしゅ》ができ、手術したが、完治するまでに至らなかった。（その点についてはのちになってはじめて知った）

八年の刑期が過ぎて一カ月たったとき、新しい判決も出ず、《OSOの決定》すらないのに、〈私を釈放せずに、コクテレク（南カザフスタン）へ永久追放すること〉という行政処置がとられた。これは私に対する特別処置ではなく、当時としてはきわめてありふれたやり方であった。

一九五三年三月から（三月五日、スターリンの死が公表された日、私ははじめて警護兵なしで壁の中から出された）一九五六年六月まで、私は追放の身であった。この間私の癌腫は急速に成長し、一九五三年の末には癌腫の毒に冒されて、私は食べることも眠ることもできなくなり、死の淵《ふち》をさまよった。しかし、一九五四年治療のためタシケントへ送られ、そこの癌病棟《がんびょうとう》で一年間かかって治癒《ちゆ》した。(『ガン病棟』『右手』)

追放期間中、私はずっと村の学校で数学と物理を教えた。そして、そのまったく孤独の生活のなかで、秘《ひそ》かに散文を書いた。(収容所では、記憶によって、詩しか書くことができなかった)私はそれらを保存して、追放後にヨーロッパ地区へ持ちかえることができた。そこでも私は外見上は教師をつとめ、秘かに執筆をつづけた。はじめはウラジーミル州(『マトリョーナの家』)で、のちにはリャザンで。

その後一九六一年までずっと、私は自分の書いたものがたとえ一行でも生存中に活字になることはけっしてないだろうと確信していたばかりでなく、親しい知人のほとんど誰にも自分の作品を読ませようとはしなかった。相手が吹聴《ふいちょう》して歩くことを怖《おそ》れたからである。しかし、ついに四十二歳になったとき私はこうした秘密の執筆状況に耐えられなくなった。その苦痛の最たるものは、自分の作品を文学的教養のたかい読者の判断に委《ゆだ》ねることが不可能なことであった。一九六一年、ソ連共産党第二十二回党大会およびその席上でのトワルドフスキイ演説のあと、私は作品を発表することに踏みきった。すなわち、『イワン・デニーソヴィチの一日』を提出したのである。このようにみずから公表することは、それなりの理由から、当時の私にはきわめて危険なことのように思われた。なぜなら、この種の行為は、私の原稿のすべてを、いや、私自身をも破滅に導くかもしれなかったからである。が、このときは幸いにもことは巧《うま》く運んだ。A・T・トワルドフスキイは、長い間の努力の末、一年後に、私の中編を印刷することに成功した。しかしながら、それとほとんど同時に、私の作品を公刊することは中止され、その戯曲も長編『煉獄のなかで』(一九六四年)の出版も延期となり、一九六五年にはこの長編は私の長年の原稿類とともに没収されてしまった。当時、私は時期尚早にも作品発表を行なったために、最後まで仕事をすることができなくなるだろうことを、自分が許しがたい誤りを犯したように考えたものである。私たちの目の前で生じた事件でさえも、私たちがその痕跡《こんせき》からただちにそれらを評価し認識することはほとんど常に不可能である。ましてや未来の事件がどのようなものになるかは、私たちの予想をはるかに絶したことなのである。

この『自伝』にいくらか補足しておけば、彼は大学を卒業したとき、きわめて優秀な成績だったので、助手として大学へ残ることをすすめられたが「一番魅力があったのは文学だったため」それを断わったという。また、一九四五年二月、彼が逮捕されたのは、東プロシャのケーニヒスベルグ(一九四六年カリーニングラードと改名された)

であり、そのときの状況を後年あるインタビューでつぎのように説明している。
「私は子供っぽい考えのため投獄されたのです。前線から出す手紙のなかで軍の機密をもらしてはいけないことは承知していたのですが、意見は述べてもいいと思っていたのです。私は一人の友人にずっと手紙を書いていました。その中で名前こそあげませんでしたが、スターリンに対する私の意見をはっきり述べたのです。私はもうずっと前からスターリンに対しては批判的でしたし、彼はレーニン主義から逸脱しており、戦争の前半の失敗に責任があり、理論的にも貧弱で非文化的な言葉でしゃべる、と思っていたからです。私は青年の軽率さから、こうしたことをみんな手紙の中に書いてしまったのです……」

彼はみずから「青年の軽率さから」と認めているが、もし彼がこの手紙を書かず、逮捕され収容所送りにならなかったならば、今日の作家ソルジェニーツィンは誕生しなかったかもしれない。そう考えると、ドストエフスキイのシベリア流刑と同様、ソルジェニーツィンの収容所生活は今になってみればきわめて貴重な体験だったということもできよう。彼自身も八年の刑を宣告されたことについては「無実なのに有罪になった、と思ったことは一度もありません。なにしろ、当時としては許されない意見を、口に出して言ったのですから」と述懐している。いずれにしても、アレクサンドル・イサエヴィチ（ソルジェニーツィン）は、スターリン時代の象徴ともいうべきラーゲルの極限状況の中から生れてきた作家であり、『死の家の記録』の作家（ドストエフスキイ）とその出発点からして多くの共通点をもっていたように思われる。

つぎに『自伝』ではきわめて抽象的にしか語られていないソルジェニーツィンの作家的出発とその後の一連の事件について少しく述べておこう。

一九六二年十一月『イワン・デニーソヴィチの一日』は、ソ連の代表的文芸誌『ノーヴィ・ミール』（『新世界』）誌に編集長トワルドフスキイの「序にかえて」という一文をつけて発表された。トワルドフスキイがこの作品発表にかけた情熱は、その昔ネクラーソフが無名の新人ドストエフスキイの『貧しき人びと』を世に送りだしたときの状況にきわめて似通っている。スターリン時代のラーゲルの一日を抑制のきいた筆致で克明に描いたこの作品は、当時すでに雪どけが進行中のソ連であっても、そのあまりにも率直なテーマゆえに、編集長独断で発表に踏みきることはできなかった。思いあまったトワルドフスキイは当時のフルシチョフ首相に直接面会し、党中央委員会の許可をえて、ようやく発表することができたのである。しかし、作品は発表と同時に世界的な話題となり、『ノーヴィ・ミール』誌は雑誌として異例の増刷を行なったほか、間もなく「ロマン・ガゼータ」（ロシア語で「小説新聞」の意。中・長編を収める廉価《れんか》単行本）の一冊として七〇万という驚異的部数が発行された。トワルドフスキイは「序にかえて」を次のように説きおこしている。

「ソルジェニーツィンの中編小説の基礎をなしている素材は、ソビエト文学において特異なものである。それは党によって暴露され排除された個人崇拝の時期と結びついているあの病的な現象――時間的には現在からそう遠く離れていないのに、われわれには遠い過去のものと感じられるあの病的な現象の名残《なごり》をそのなかにとどめているからである」このあとトワルドフスキイはフルシチョフ首相の演説の一節まで引用しているが、それは「一九六二年」という時点においてのみ通用したことであり、すでにロシア文学の生ける古典の一つになった感のある現在、このような政治的評価は無用であろう。いや、トワルドフスキイもそれを承知しており「この作品は回想録という意味でのドキュメントでもなく、作者みずから体験したことの手記あるいは想《おも》い出でもない。もちろん、直接の体験のみがこの小説にこのような信憑性《しんぴょうせい》と真実性を付与しえたのである。しかし、これは芸術作品であり、したがってその現実の素材の芸術的照明によってはじめて、特別な価値を立証し、芸術のドキュメントたりえているのである」と解説している。

いずれにしてもこの『イワン・デニーソヴィチの一日』は、長らくスターリンの個人崇拝という酷寒《マローズ》に閉ざされていたロシア・ソビエト文学の復活を告げる記念すべき作品となった。作家シーモノフは「この小説のテーマは血の流れる恐るべき傷口と結びついているけれども、この傷口を真に昇華させることは、恐怖と戦慄《せんりつ》の文学を書くという誘惑に対して生理的に縁遠い大作家だけがなしうる仕事なのである」と作者の創作態度を絶讃《ぜっさん》したし、作家バクラーノフは「このような作品が発表されたからには、もはや従来の書き方ではやっていけないことがはっきりした」と痛切な告白を行なった。

こうして作家アレクサンドル・ソルジェニーツィンの出発は、一見、きわめて恵まれたものであるかのようにみえた。ソルジェニーツィンは一九六三年、ふたたび『ノーヴイ・ミール』誌一号に『クレチェトフカ駅の出来事』および『マトリョーナの家』を、さらに同年七号に『公共のためには』を発表、いよいよその健筆ぶりを発揮、内外からの大きな期待に応《こた》えた。いずれも短編ながらソルジェニーツィン文学の真髄《しんずい》を秘めた佳品であった。しかし、国内の政治的状況は文化的雪どけ化へブレーキをかけ、一九六四年十月には『イワン・デニーソヴィチの一日』の発表に力をかしたフルシチョフ首相の失脚退陣という事態を招いた。翌一九六五年十月、ノーベル文学賞は『静かなドン』の作者として知られるソ連のミハイル・ショーロホフに与えられた。

ソ連当局も一九五八年度のパステルナークのときとは違い、控え目ながらこの受賞を歓迎した。しかしその一方、ソルジェニーツィンに対しては『自伝』でも明らかなように彼の『煉獄のなかで』をはじめ長年にわたる原稿が国家保安委員会によって没収されるという事件が起きている。しかし、翌一九六六年一月、ソルジェニーツィンは『ノーヴイ・ミール』誌一号に『胴巻のザハール』という小品を発表することができた。これは今日までソ連国内で公式に発表された最後の作品である。二月には「反ソ」作品を海外で発表したかどで逮捕されたダニエルとシニャフスキイの、いわゆる文学裁判がはじまり、状況はいっそう悲劇的となっていった。この間ソルジェニーツィンは寸暇を惜しんで創作に没頭、二大長編『ガン病棟』『煉獄のなかで』を完成させたが、国内の出版機関はどこも検閲の壁にさえぎられて出版することができなかった。ところが第四回ソ連作家大会を目前に控えた一九六七年五月十六日、ソルジェニーツィンは「大会幹部会ならびに代議員、ソ連作家同盟会員、文学関係の新聞・雑誌編集局」あてに、約二五〇通の公開状を発送、大きな波紋を投じた。この公開状はロシア文学史上にその例をとるならばゴーゴリあての批評家ベリンスキイの書簡にも匹敵する大文章であり、あらゆる検閲の廃止を訴え、中傷ならびに不当な迫害にさらされた作家同盟員に抗弁の保証を要求するなど、数々の提案を含むものであった。いや、この公開状は単に憂《うれ》うべき現状の改革を訴えた実務的な内容ばかりでなく、作家ソルジェニーツィンの自己の文学への並々ならぬ決意を表明したものでもあった。ソルジェニーツィンはそのなかで「真実へむかう道を阻《はば》むことは誰にもできないことであるし、その行動のためには、私は死をも受けいれる用意がある」と宣言した。その後に起ったソルジェニーツィンに対するさまざまな迫害を想うとき、彼はこのときすでに今日のことをある程度まで予測していたのではないかと思われる。しかし、この公開状は非公式には多くのソ連作家の共感と支持を受けたにもかかわらず、当の作家大会ではもちろん、今日に至るまでいかなるソ連の出版物にも公表されず、当局から完全に黙殺されてしまった。その後、一九六七年九月にはソルジェニーツィンの再度にわたる要求によって、『ガン病棟』の出版可否をめぐる秘密討論会が著者を交えて約三十人の作家の出席のもとに開かれたが、結局、結論の出ぬまま『ガン病棟』は西欧での出版という事態を迎えて、国内出版の可能性は失われてしまった。そして『煉獄のなかで』もまた同じ運命をたどった。その間もソルジェニーツィンはひたすら創作に没頭、少年の日からの夢であった第一次大戦からロシア革命にかけての祖国ロシアの運命を描きつづけた。ところが一九六九年十月、ソルジェニーツィンは自分の属するソ連作家同盟リャザン支部から突如として除名されてしまった。この決定は上級機関の承認するところとなり、ソルジェニーツィンはソ連社会において〈作家〉という身分を剝奪《はくだつ》されてしまったのである。もっとも一九六六年一月以降、彼は国内ではすでに公式の発表舞台を奪われていたが、しかしソ連作家同盟の会員であるということは、ソ連社会において彼の身を擁護する何よりの権威であった。ところが翌一九七〇年十月、ソ連ではもはや公式に〈作家〉とは認められなくなったソルジェニーツィンに対してノーベル文学賞が決定したのである。十二月の授賞式にはソ連への再入国ビザが拒否される危惧《きぐ》があったため、ソルジェニーツィンは授賞式典を欠席し、短いメッセージを送った。それ以来今日に至るまで作家ソルジェニーツィンは折にふれて真実を擁護する作家のきびしい戦いをつづけ、数々の公開状を発表、ソ連社会の雪どけ派知識人の先頭にたって活躍している。そして一九七一年六月、ついに待望の『一九一四年八月』第一部をパリのＹＭＣＡ社から出版、従来の西欧での出版とちがって、同書に「著者あとがき」を付し、著者の意志によって海外で発表した旨《むね》を明らかにした。現在はその続編『一九一六年十月』を精力的に執筆中と伝えられている。

ソルジェニーツィンの文学は、以上のような略歴からも推察されるように、きわめてはっきりした問題意識で貫かれているが、作家としての姿勢はあくまで十九世紀ロシア文学の伝統にたっているように思われる。それは作家が常に描こうとする対象を

〈永遠の相の下に〉照らしだし、「国民のなかで十分に熟している考えを表現し、精神の領域や社会意識の展開の上に、望ましい時機に、かつ効果的に影響を与えるような作品を書く」（作家大会あての公開状の一節）ことを意味している。ソルジェニーツィンはそのためには社会からの迫害すら当然のことだとあるインタビューのなかで述べている。「社会が作家に不当な態度をとっても、私は大した間違いだとは思いません。それは作家にとって試練になります。作家をあまやかす必要はないのです。社会が作家に不当な態度をとったにもかかわらず、作家がなおその使命を果したケースはいくらもあります。作家たる者は社会から不当な扱いを受けることを覚悟しなければなりません。これは作家という職業のもつ危険なのです。作家の運命が楽なものになる時代は永久にこないでしょう」

ここ数年にわたるソ連当局からの迫害にもめげず、ソルジェニーツィンが毅然《きぜん》として自己の信ずる道を歩んでいるのは、このような真実の文学に対する燃ゆるがごとき使命感のたまものではなかろうか。

『イワン・デニーソヴィチの一日』について

ソルジェニーツィンはあるインタビューのなかで次のように発言している。

「作家にとっては自分のことを書くのが一番やさしいことを私は承知しています。しかし、私にはロシアの運命を描くことが一番重要であり、一番興味があるように思われました。ロシアが体験したドラマ全体のなかで最も深刻なものがイワン・デニーソヴィチたちの悲劇です。私はラーゲルのことで世間一般にひろまっている間違った噂《うわさ》と対決してみたいと思いました。私はもうラーゲルにいた時分から、その生活の一日を描くことを心に決めていたのです。トルストイはかつて、まる一世紀にわたるヨーロッパ全体の生活は長編の対象になりうるが、ひとりの百姓《ムジーク》の一日の生活もまたなりうる、といっています」

この短い告白のなかに作者ソルジェニーツィンがこの作品の創造にかけた並々ならぬ決意のほどがうかがわれる。たしかに、ここにはソビエト・ロシアの平凡なコルホーズ農民たるイワン・デニーソヴィチ・シューホフの、その当時としてはきわめてありふれたラーゲルでの、これまた平凡な一日が、いや、「すこしも憂鬱《ゆううつ》なところのない、ほとんど幸せとさえいえる一日」が淡々と描かれているにすぎない。しかし、私たちはそこにソビエト・ロシアの過去から現在に至る歴史を、いや、その未来への展望さえも読みとることができるのである。

「午前五時、いつものように、起床の鐘が鳴った」という簡潔な書きだしではじまり、最後は「シューホフは、すっかり満ちたりた気持で眠りに落ちた……こんな日が、彼の刑期のはじめから終りまでに、三千六百五十三日あった。閏年《うるうどし》のために、三日のおまけがついたのだ……」で終っている。ラーゲルの一日を、その起床からはじめて、員数検査、現場作業、食事風景、点呼、就寝とその平凡な日課を克明に描きながら、その間にソビエト社会のあらゆる階層の人びとを登場させ、彼らの行動と会話を通じて、ソビエト社会そのものを歴史的奥行きをもって浮彫りにしている。この場合、作者はラーゲルの内側ばかりを描いているのではない。ラーゲルのむこう側、つまり、娑婆《しゃば》の世界をも、抜かりなくその視野に収めているのである。

主人公イワン・デニーソヴィチ・シューホフは、当局から「Щ八五四番《シチャー》」としか呼ばれていないが、まぎれもないロシアの百姓《ムジーク》であり、ナロード（民衆）の代表である。ラーゲル暮しはもう八年目になるが、それというのも自分はドイツ軍の捕虜だったと「正直にいった」ためである。もっとも、彼はみずから敵の手中から脱走したのであるが、そのような「事実」は信用されなかったので、祖国を裏切ったことにしたのである。「署名を拒めば、経《きょう》かたびらをきせられる」からであった。だが、彼は極限状況ともいうべきラーゲルのなかにあっても旺盛《おうせい》な生活力を発揮し、きびしい作業現場でも思わず仕事に熱中して、作業中止の声がかかっても、「仕事の出来ばえを一日眺《なが》めずにはいられない」ほどである。また、自分のもらったなけなしのビスケットを惜しげもなくバプテスト信者のアリョーシュカへやってしまう好人物でもある。このロシアの大地から生れた生粋《きっすい》の百姓《ムジーク》こそ、スターリンの苛《か》酷《こく》な個人崇拝の時代にも耐え、ソビエト・ロシアをナチス・ドイツの侵攻から守りぬいた原動力であったといえるだろう。いや、帝政ロシアの昔から革命後の今日に至るまで、一貫してロシアの大地を支えてきたバックボーンであるといっても過言ではあるまい。作者がこの作品の題名を他《ほか》ならぬ「イワン・デニーソヴィチの一日」と名づけたことはその意味できわめて象徴的である。もともと、「イワン・デニーソヴィチ」あるいは単に「デニーソヴィ《し》チ」という呼びかけは、相手に対する敬意と親愛の情を示すものである。これを強いて日本語に移し変えるならば「親愛なるシューホフの一日」とでもすることができようか。作者の全幅の信頼と愛情があふれている。

さて、イワン・デニーソヴィチのまわりに群がる囚人《ゼック》たちの顔ぶれは多彩である。次にその主《おも》な人びとをあげてみよう。

戦争中は英国の巡洋艦へ連絡将校として派遣され「戦後になって英国の提督から記念品が贈られた」ためにラーゲル送りとなったブイノフスキイ海軍中佐。彼は酷寒のなかで人を裸にする護送兵にむかって「君たちはコムニストじゃない！」と叫びたて、重営倉に処せられる生粋の武人である。

ツェーザリ・マルコヴィチと呼ばれる正体不明のインテリ。娑婆では映画を撮《と》っていたともいうが、ラーゲルでもパイプをくゆらせながら物思いに耽《ふけ》り、時にはX《ハー》一二三番という「二〇年組」を相手に芸術談義をたたかわせる。ツェーザリは「芸術とは、なにをではなくて、いかにじゃないですか」と主張するが、X《ハー》一二三番は真っ向から反駁《はんばく》する。「そりゃちがう。あんたのいう『いかに』なんて真っ平ごめんだ。そんなもので私の感情は高められやしませんよ」この対話には作者の芸術観がX《ハー》一二三番の科白《せりふ》となって反映しているかにみえる。

　さりげなく「二〇年租」と紹介されているX《ハー》一二三番のほかに、もうひとりЮ《ユー》八一番と呼ばれる老人の風貌《ふうぼう》がデニーソヴィチの注意を惹《ひ》く。「……その顔には消耗の色が濃かったが、しかしそれは敗残者のような弱々しさではなく、切りだされた岩のように、がっちりと黒びかりしていた。その大きな、黒いひび割れた手を見れば、彼が長いラーゲル生活でも、殆《ほと》んど軽労働の機会に恵まれなかったことが分る。いや、そうした牢獄《ろうごく》生活にもかかわらず、彼は一切の妥協を排してきたのだ」おそらく、トロツキストとして投獄されたオールド・ボリシェヴィキの生き残りであろうが、これまでのソビエト文学ではまったく描かれなかったタイプであり、その印象はきわめて鮮烈である。

「神に祈っていただけで、だれのじゃまもしなかったのに、二十五年をくらっている」バプテスト信者のアリョーシュカ。これまた魅力的な人物である。特にアリョーシュカとデニーソヴィチとの「神」をめぐる問答をはじめ、この作品には宗教の問題が至るところに顔を出している。「ロシア人ときちゃ、どっちの手で十字をきるものか、もう忘れちまってる始末だ」という自嘲《じちよう》めいた科白から、ブイノフスキイ中佐に「貴様は神を信じているのか?」と問われて、「でなくて、どうするんだ?」とびっくりしてみせるイワン・デニーソヴィチ。だがその彼もロシア正教の坊さんどもの堕落ぶりには腹をたてている。そんなデニーソヴィチにアリョーシュカは反駁する。「正教の教会は福音書の教えに背《そむ》いているんですよ。あの人たちがぶちこまれないのも、しっかりした信仰じゃないからですよ」

父親が富農《クラーク》だったために二十二歳のとき赤軍から追放された班長のチューリン。彼はもう白髪《しらが》まじりの老人の頭をしたラーゲルの古参である。一九三八年の大粛清のときにも中継ラーゲルにいたという。いわばラーゲルの生き字引的存在である。しかし、彼もまたЮ《ユー》八一番と同様、今なおしっかりと自分を支えているたのもしい人物である。娑婆では自動車を乗りまわしていたというが、今では妻子に見棄《みす》てられ、飯皿がもとで仲間から袋だたきにあっているフェチュコーフ。もう自分で自分を律しきれなくなっている哀れな男である。ラーゲルの外で威張りちらしている官僚どものなれの果てといっては言いすぎだろうか。

これらの登場人物はそのままソビエト社会の各階層（百姓《ムジーク》、軍人、インテリ、オールド・ボリシェヴィキ、バプテスト信者、元富農、官僚）を代表するものであり、ヴォルコヴォイ、タターリンその他ラーゲル側の連中とともに、彼らの言動にはたとえ「ラーゲルのなかで」という制約があってもきわめて個性的なものが感じられる。いや、このほかデニーソヴィチの女房からの便りや班長チューリンの想《おも》い出話などによってラーゲルのむこう側と過去が生々と描かれており、ソビエト・ロシアの全体像が鮮やかに浮びあがっている。すなわち、この「ラーゲルの一日」という圧縮された時間のなかに、ソビエトという国家の長い歴史が、そこに住む人びとの深刻な苦悩をなまなましく具体的に浮彫りしながら、繰りひろげられているからである。

したがって、ここではあらゆる問題が提起され、言及されている。「ひげの親爺《おやじ》」（スターリン）に対する容赦ない批判も、朝鮮戦争をめぐる世界政治の動向も、あるいはソビエト経済の泣きどころであるコルホーズの現状についても自由に大胆に論議されている。さらに、神、宗教、芸術といった高尚な話題から、現実のラーゲルに発生するさまざまな事件——密告、裏切り、処罰、囚人たちの団結による部分的な反抗、苛酷な状況下での高潔な行為など、およそ人間社会にみられるあらゆる現象が読者の前に展開されている。

しかも、このような衝撃的な、思わず目をそむけたくなるような悲惨な状況が、きわめて抑制のきいた、もの静かな語り口で語られているところに、この作品の最も大きな特質がある。ここで「語り口」というのは作者ソルジェニーツィンの「語り」と、主人公イワン・デニーソヴィチの「語り」との双方を意味しており、それらが渾然《こんぜん》一体となって一種の民話風な趣さえかもしだしている。もっとも、民話風といっても、イワン・デニーソヴィチをはじめラーゲルの住人たちのロシア語には、ラーゲル俗語が色濃くしみついており、それらのかもしだす一種無気味な雰囲気《ふんいき》も指摘せねばなるまい。だが、そのような語り口のなかにみられる苦いユーモアの感覚は、この作品を芸術的に支えている隠れた大きな力であることもまた疑いをいれない。それはそのまどんな逆境のなかにあっても明日という日を信じてやまぬロシアのナロードの楽天的な気質に通じるものであり、イワン・デニーソヴィチの存在にすべてを賭《か》けている作者の世界観の反映でもあろう。トワルドフスキイが「序にかえて」のなかで「作者は登場人物たちの運命に対して読者の心に哀傷と痛みをひきおこさずにはおかないが、その哀傷と痛みが絶望的な打ちひしがれた感情とは少しも共通点がないという点に、芸術家としての疑う余地のない勝利がある」と語っているのもこの間の事情を物語るものであろう。

いずれにしても、『イワン・デニーソヴィチの一日』は、作者が長年秘《ひそ》かに推敲《すいこう》に推敲をかさねて書きあげた、文字通り珠玉の傑作であり、スターリンの個人崇拝のために、長らく酷寒のなかに閉ざされていたソビエト・ロシア文学が〈復活〉したことの証《あか》しとなった記念すべき作品である。もはや生けるロシアの古典として世界的な評価を受けており、作者が『ガン病棟』『煉獄《れんごく》のなかで』『一九一四年八月』など大長編を書きあげた今日においてもなお、自他ともにソルジェニーツィン文学の最高傑作とされているものである。

（一九七二年九月）

本作品集中には、今日の観点からみると差別的表現ととられかねない箇所が散見しますが、作品自体のもつ文学性ならびに芸術性、また訳者がすでに故人であるという事情に鑑み、原文どおりとしました。

（新潮文庫編集部）

ドストエフスキー
工藤精一郎訳
罪と罰（上・下）
独自の犯罪哲学によって、高利貸の老婆を殺し財産を奪った貧しい学生ラスコーリニコフ。良心の呵責に苦しむ彼の魂の遍歴を辿る名作。

ドストエフスキー
原　卓也訳
カラマーゾフの兄弟（上・中・下）
カラマーゾフの三人兄弟を中心に、十九世紀のロシア社会に生きる人間の愛憎うずまく地獄絵を描き、人間と神の問題を追究した大作。

ドストエフスキー
江川　卓訳
悪　霊（上・下）
無神論的革命思想を悪霊に見立て、それに憑かれた人々の破滅を実在の事件をもとに描く。文豪の、文学的思想的探究の頂点に立つ大作。

ドストエフスキー
木村　浩訳
白　痴（上・下）
白痴と呼ばれる純真なムイシュキン公爵を襲う悲しい破局……作者の〝無条件に美しい人間〟を創造しようとした意図が結実した傑作。

ドストエフスキー
木村　浩訳
貧しき人びと
世間から侮蔑の目で見られている小心で善良な小役人マカール・ジェーヴシキンと薄幸の乙女ワーレンカの不幸な恋を描いた処女作。

ドストエフスキー
江川　卓訳
地下室の手記
極端な自意識過剰から地下に閉じこもった男の独白を通して、理性による社会改造を否定し、人間の非合理的な本性を主張する異色作。

トルストイ
木村 浩訳

アンナ・カレーニナ（上・中・下）

文豪トルストイが全力を注いで完成させた不朽の名作。美貌のアンナが真実の愛を求めるがゆえに破局への道をたどる壮大なロマン。

トルストイ
木村 浩訳

復　活（上・下）

青年貴族ネフリュードフと薄幸の少女カチューシャの数奇な運命の中に人間精神の復活を描き出し、当時の社会を痛烈に批判した大作。

トルストイ
工藤精一郎訳

戦争と平和（一〜四）

ナポレオンのロシア侵攻を歴史背景に、十九世紀初頭の貴族社会と民衆のありさまを生き生きと写して世界文学の最高峰をなす名作。

トルストイ
原 卓也訳

クロイツェル・ソナタ
悪　魔

性的欲望こそ人間生活のさまざまな悪や不幸の源であるとして、性に関する極めてストイックな考えと絶対的な純潔の理想を示す2編。

トルストイ
原久一郎訳

光あるうち
光の中を歩め

古代キリスト教世界に生きるパンフィリウスと俗世間にどっぷり漬った豪商ユリウス。二人の人物に著者晩年の思想を吐露した名作。

トルストイ
原 卓也訳

人　生　論

人間はいかに生きるべきか？　人間を導く真理とは？　トルストイの永遠の問いをみごとに結実させた、人生についての内面的考察。

ツルゲーネフ
神西　清訳
はつ恋

年上の令嬢ジナイーダに生れて初めての恋をした16歳のウラジミール――深い憂愁を漂わせて語られる、青春時代の甘美な恋の追憶。

ツルゲーネフ
工藤精一郎訳
父と子

古い道徳、習慣、信仰をすべて否定するニヒリストのバザーロフを主人公に、農奴解放で揺れるロシアの新旧思想の衝突を扱った名作。

チェーホフ
神西　清訳
桜の園・三人姉妹

急変していく現実を理解できず、華やかな昔の夢に溺れたまま没落していく貴族の哀愁を描いた「桜の園」。名作「三人姉妹」を併録。

チェーホフ
神西　清訳
かもめ・ワーニャ伯父さん

恋と情事で錯綜した人間関係の織りなす日常のなかに、絶望から人を救うものは忍耐であるというテーマを展開させた「かもめ」等2編。

チェーホフ
小笠原豊樹訳
かわいい女・犬を連れた奥さん

男運に恵まれず何度も夫を変えるが、その度に夫の意見に合わせて生活してゆく女を描いた「かわいい女」など晩年の作品7編を収録。

J・ジュネ
朝吹三吉訳
泥棒日記

倒錯の性、裏切り、盗み、乞食……前半生を牢獄におくり、言語の力によって現実世界の価値を全て転倒させたジュネの自伝的長編。

カミュ
窪田啓作訳
異邦人
太陽が眩しくてアラビア人を殺し、死刑判決を受けたのちも自分は幸福であると確信する主人公ムルソー。不条理をテーマにした名作。

カミュ
清水徹訳
シーシュポスの神話
ギリシアの神話に寓して〝不条理〟の理論を展開、追究した哲学的エッセイで、カミュの世界を支えている根本思想が展開されている。

カミュ
宮崎嶺雄訳
ペスト
ペストに襲われ孤立した町の中で悪疫と戦う市民たちの姿を描いて、あらゆる人生の悪に立ち向うための連帯感の確立を追う代表作。

カミュ
高畠正明訳
幸福な死
平凡な青年メルソーは、富裕な身体障害者の〝時間は金で購われる〟という主張に従い、彼を殺し金を奪う。『異邦人』誕生の秘密を解く作品。

カミュ
大久保敏彦
窪田啓作訳
転落・追放と王国
暗いオランダの風土を舞台に、過去という楽園から現在の孤独地獄に転落したクラマンスの懊悩を捉えた「転落」と「追放と王国」を併録。

カミュ・サルトル他
佐藤朔訳
革命か反抗か
人間はいかにして「歴史を生きる」ことができるか——鋭く対立するサルトルとカミュの間にたたかわされた、存在の根本に迫る論争。

サルトル
伊吹武彦他訳
水いらず
性の問題を不気味なものとして描いて実存主義文学の出発点に位置する表題作、限界状況における人間を捉えた「壁」など5編を収録。

カフカ
高橋義孝訳
変身
朝、目をさますと巨大な毒虫に変っている自分を発見した男――第一次大戦後のドイツの精神的危機、新しきものの待望を託した傑作。

カフカ
前田敬作訳
城
測量技師Kが赴いた〝城〟は、厖大かつ神秘的な官僚機構に包まれ、外来者に対して決して門を開かない……絶望と孤独の作家の大作。

大久保康雄訳
スタインベック短編集
自然との接触を見うしなった現代にあって、人間と自然とが端的に結びついた著者の世界は、その単純さゆえいっそう神秘的である。

スタインベック
伏見威蕃訳
怒りの葡萄（上・下）
ピューリッツァー賞受賞
天災と大資本によって先祖の土地を奪われた農民ジョード一家。苦境を切り抜けようとする、情愛深い家族の姿を描いた不朽の名作。

スタインベック
大浦暁生訳
ハツカネズミと人間
カリフォルニアの農場を転々とする二人の渡り労働者の、たくましい生命力、友情、ささやかな夢を温かな眼差しで描く著者の出世作。

新潮文庫最新刊

あさのあつこ著
ハリネズミは月を見上げる
高校二年生の鈴美は痴漢から守ってくれた比呂と打ち解ける。だが比呂には、誰にも言えない悩みがあって……。まぶしい青春小説！

恒川光太郎著
真夜中のたずねびと
震災孤児のアキは、占い師の老婆と出会い、星降る夜のバス停で、死者の声を聞く。闇夜の怪異に翻弄される者たちの、現代奇譚五篇。

前川　裕　著
号　　泣
女三人の共同生活、忌まわしい過去、不吉な訪問者の影、戦慄の贈り物。恐ろしいのに途中でやめられない、魔的な魅力に満ちた傑作。

坂本龍一著
音楽は自由にする
世界的音楽家は静かに語り始めた……。華やかさと裏腹の激動の半生、そして音楽への想いを自らの言葉で克明に語った初の自伝。

石井光太著
こどもホスピスの奇跡
新潮ドキュメント賞受賞
必要なのは子供に苦しい治療を強いることではなく、残された命を充実させてあげること。日本初、民間子供ホスピスを描く感動の記録。

石川直樹著
地上に星座をつくる
山形、ヒマラヤ、パリ、知床、宮古島、アラスカ……もう二度と経験できないこの瞬間。写真家である著者が紡いだ、7年の旅の軌跡。

新潮文庫最新刊

原　武史著
「線」の思考
—鉄道と宗教と天皇と—
天皇とキリスト教？ ときわか、じょうばんか？ 山陽の「裏」とは？ 鉄路だからこそ見えた！ 歴史に隠された地下水脈を探る旅。

柳瀬博一著
国道16号線
—「日本」を創った道—
横須賀から木更津まで東京をぐるりと囲む国道。このエリアが、政治、経済、文化に果たした重要な役割とは。刺激的な日本文明論。

奥野克巳著
ありがとうもごめんなさいもいらない森の民と暮らして人類学者が考えたこと
ボルネオ島の狩猟採集民・プナンには、感謝や反省の概念がなく、所有の感覚も独特。現代社会の常識を超越する驚きに満ちた一冊。

D・R・ポロック
熊谷千寿訳
悪魔はいつもそこに
狂信的だった亡父の記憶に苦しむ青年の運命は、邪《よこしま》な者たちに歪められ、暴力の連鎖へ巻き込まれていく……文学ノワールの完成形！

杉井　光著
世界でいちばん透きとおった物語
大御所ミステリ作家の宮内彰吾が死去した。『世界でいちばん透きとおった物語』という彼の遺稿に込められた衝撃の真実とは——。

加藤千恵著
マッチング！
30歳の彼氏ナシOL、琴実。妹にすすめられアプリをはじめてみたけれど——。あるあるが満載！ 共感必至のマッチングアプリ小説。

新潮文庫最新刊

朝井まかて著
輪舞曲《ロンド》
愛人兼パトロン、腐れ縁の恋人、火遊びの相手、生き別れの息子。早逝した女優をめぐる四人の男たち——。万華鏡のごとき長編小説。

藤沢周平著
義民が駆ける
突如命じられた三方国替え。荘内藩主・酒井家累世の恩に報いるため、百姓は命を賭けて江戸を目指す。天保義民事件を描く歴史長編。

古野まほろ著
新任警視（上・下）
25歳の若き警察キャリアは武装カルト教団のテロを防げるか？　二重三重の騙し合いと大どんでん返し。究極の警察ミステリの誕生！

一木けい著
全部ゆるせたらいいのに
お酒に逃げる夫を止めたい。お酒に負けた父を捨てたい。家族に悩むすべての人びとへ捧ぐ、その理不尽で切実な愛を描く衝撃長編。

石原千秋編著
新潮ことばの扉
教科書で出会った名作小説一〇〇
こころ、走れメロス、ごんぎつね。懐かしくて新しい〈永遠の名作〉を今こそ読み返そう。全百作に深く鋭い「読みのポイント」つき！

伊藤祐靖著
邦人奪還
—自衛隊特殊部隊が動くとき—
北朝鮮軍がミサイル発射を画策。米国によるピンポイント爆撃の標的付近には、日本人拉致被害者が——。衝撃のドキュメントノベル。

Title：ОДИН ДЕНЬ ИВАНА ДЕНИСОВИЧА
Author：Александр И. Солженицын

イワン・デニーソヴィチの一《いち》日《にち》

新潮文庫　　ソ - 2 - 1

昭和三十八年三月十八日　発行
平成十七年十一月二十五日　五十七刷改版
令和　五　年五月十五日　六十七刷

訳者　木《き》村《むら》浩《ひろし》

発行者　佐藤隆信

発行所　株式会社　新潮社
郵便番号　一六二―八七一一
東京都新宿区矢来町七一
電話　編集部(〇三)三二六六―五四四〇
　　　読者係(〇三)三二六六―五一一一
https://www.shinchosha.co.jp

価格はカバーに表示してあります。

乱丁・落丁本は、ご面倒ですが小社読者係宛ご送付ください。送料小社負担にてお取替えいたします。

印刷・錦明印刷株式会社　製本・錦明印刷株式会社
© Hiroko Kimura 1963 Printed in Japan

ISBN978-4-10-213201-2 C0197